バガヴァッド・ギーター

ヒンドゥー教の聖典

佐藤裕之＝訳

角川文庫
23475

『バガヴァッド・ギーター』は心によって理解される

——マハトマ・ガンディー

目次

訳者解説

はじめに

インドの代表的な宗教はヒンドゥー教である。ヒンドゥー教の教えは聖典に書かれているが、二大叙事詩といわれる『ラーマーヤナ』と『マハーバーラタ』を始め、ヒンドゥー教の聖典の数は多い。それらの中で、最も代表的な聖典といえば、それは『バガヴァッド・ギーター』の他にはない。『バガヴァッド・ギーター』によって、ヒンドゥー教のすべての教えを知ることができるわけではないが、『バガヴァッド・ギーター』なしに、ヒンドゥー教の教えを知ることはできないし、インドを知ることもできない。

『バガヴァッド・ギーター』はインドの古代言語であるサンスクリット語によって書かれ、「バガヴァット」(「ギーター」の「ギ」の音が続くと末尾の「ト」が「ド」になる)は「神」を、「ギーター」は「歌」を意味する。そもそも「バガヴァット」は、特定の神を示す言葉ではないが、ここではヴィシュヌ神の化身として、人間の世界に現われたクリシュナを示す。従って、「バガヴァッド・ギーター」は「神の歌」という意味であるが、それは事実上「クリシュナの歌」であり、「クリシュナの教え」になる。その『バガヴァッド・ギーター』は『マハーバーラタ』の一部である。『マハーバーラタ』は「偉大なインド」を意味し、多くの挿入話を含みながら、親族間の王位継承をめぐる争いを軸に物語が進み、最終的には、王族同士でパーンダヴァ軍とカウラヴァ軍に分かれて戦う物語である。そして、その戦いが始まろうとした直前に、クリシュナがパーンダヴァ軍の戦士アルジュナに説いたのが『バガヴァッド・ギーター』である。

『バガヴァッド・ギーター』がヒンドゥー教の最も代表的な聖典となったのは、何よりも、ヒンドゥー教徒たちがそこで語られていることに救いを求めているからに他ならない。聖典としての権威は神が与えたものでもなく、宗教者が与えたものでもなく、学者が与えたものでもなく、名もない多くのヒンドゥー教徒たちが与えたものである。誰かから強制されることもなく、ヒンドゥー教徒たちは自らの意思によって『バガヴァッド・ギーター』を読む。寺院で唱えることもあるだろうし、儀式に参列して唱えることもあるだろう。しかし、それだけではない。日々の生活の中でも唱え、心の支えとなっている。『バガヴァッド・ギーター』の内容を知らないヒンドゥー教徒はいない。

『バガヴァッド・ギーター』はチャールズ・ウィルキンズが一七八五年に英訳してから、多くの外国語に翻訳されるようになり、世界中の人に知られるようになった。ルドルフ・シュタイナーやシモーヌ・ヴェーユなど『バガヴァッド・ギーター』に感化された西洋の思想家も多く、『バガヴァッド・ギーター』をきっかけに、インドに関心をもち、ヒンドゥー教に関心をもった人も多いだろう。原典で読もうとして、サンスクリット語を学び始めた人も少なくないはずである。日本においても、現在まで、いくつかの翻訳が出版されている。そのような中で、改めて翻訳を出版するのは、聖典という堅い印象がある中で、難しい日本語を可能な限り使わず、専門用語の使用も最小限にとどめ、インドの思想を知らなくても、ヒンドゥー教を知らなくても、サンスクリット語を知らなくても、気楽に読むことができる翻訳の必要性を感じたからである。

本書は『バガヴァッド・ギーター』の翻訳であるが、『バガヴァッド・ギーター』は『マハーバーラタ』に挿入された物語であるため、訳者解説として、『マハーバーラタ』の概要を『バガヴァッド・ギーター』の前後に分けて添えることにした。『バガヴァッド・ギーター』は戦いが始まる直前に挿入されているから、『バガヴァッド・ギーター』までは戦いにいたる経緯になり、その後は戦いの描写と戦いの結果になる。『バガヴァッド・ギーター』自体はそれだけで内容は完結している。クリシュナはアルジュナに対してだけ教えを説き、説いている間、時間は止まり、戦場に集まった他の戦士の誰にもクリシュナの教えは聞こえていない。親族間の王位継承をめぐる戦いという物語の流れは、『バガヴァッド・ギーター』を飛び越えて進んでいく。したがって、『バガヴァッド・ギーター』の内容を知るためには、必ずしも『マハーバーラタ』の内容を知る必要はなく、『バガヴァッド・ギーター』だけを読んでもよい。しかし、物語の流れには関係がなくても、『バガヴァッド・ギーター』でクリシュナが説いた教えは『マハーバーラタ』全体の中に通底している。それゆえ、『マハーバーラタ』の内容を知ることによって、『バガヴァッド・ギーター』を読んだだけでは得られないものを感じることができるはずである。そして、同時に、『バガヴァッド・ギーター』の内容を詳しく知ることによって、『マハーバーラタ』の中のさまざまなエピソードも広がりをもって感じることができるはずである。

さらに、二つめの訳者解説として、バラモン教とヒンドゥー教を中心としたインド思想の解説も添えることにした。インド思想の予備的知識がなくても、『バガヴァッド・ギーター』を読むことはできるし、そうでなくてはならない。しかし、インド思想についての予備知識を併せ持つことで、クリシュナとアルジュナの対話をより深く感じることができるだろう。クリシュナは、インド神話に登場する他の多くの神々についても語っているので、それらの神々について知りたいという読者もいるだろう。インド思想の解説を示したのは、そのような人たちへの筆者のささやかな配慮である。

『バガヴァッド・ギーター』の翻訳に込めた筆者の目的と願いはただ一つである。インドの思想を知らない人でも、ヒンドゥー教を知らない人でも、サンスクリット語を読めない人でも、『バガヴァッド・ギーター』を読み、最後まで読み通すこと。読んで、どのように理解し、どのように感じるかは、読んだ人の判断に任せたい。ただ、読み通すことでこの聖典の魅力に気付いていただき、人生を励まし導くものとして、繰り返し何度も読んでくれることだけを心から願う。

凡例

・原典に章名はないが、各章の内容を把握しやすいように、インドで出版されている本の章名を参考にして、訳者が独自につけた。
・原典の詩節には番号がつけられているが、本書では可読性を優先して省略し、内容に従って適宜改行を加えた。
・原典が会話体であることを受け、発言者を台詞（せりふ）の冒頭に示した。
・各章の冒頭にある説明文は、大まかな各章の内容と流れが分かるように訳者が付した。
・固有名詞や術語などに逐一注を付すことは避け、巻末の「キーワード」で解説した。
・訳文の中で使用した山括弧は、語句の強調などを示すために使用した。

第一章　アルジュナの嘆き

パーンダヴァ軍とカウラヴァ軍の戦士が戦場に集まり、戦いの開始を告げる法螺貝（ほらがい）の音が響きわたる。その時、パーンダヴァ軍のアルジュナは、敵軍に親族や友人がいるのを見て、「親族や友人を殺すことは罪であり、殺すことによって、カースト制度も崩壊してしまう」と御者のクリシュナに迷いを告げる。アルジュナは自らが殺されることを望み、弓と矢を投げすててしまう。

ドリタラーシュトラ　正義の地であるクル国の地に、戦いのために集まったパーンダヴァ軍とわがカウラヴァ軍は、何をしているのか。サンジャヤよ。

サンジャヤ　ドリタラーシュトラ王よ、あなたの息子ドゥルヨーダナは、布陣されたパーンダヴァ軍を見て、ドローナ師に近づき、次のように言いました。

ドゥルヨーダナ　ドローナ師よ、あなたの弟子ドリシュタデュムナによって布陣されたパーンダヴァ軍の偉大な戦士たちをご覧下さい。ビーマやアルジュナに匹敵する射手たち、ユユダーナ、ヴィラータ、ドルパダ、ドリシュタケートゥ、チェーキターナ、カーシー国王、プルジット、クンティボージャ、シビ国王、ユダーマニユ、ウッタマウジャス、アビマニユ、ドラウパディーの息子たちがいます。

一方、我らのカウラヴァ軍には、ドローナ師、長老ビーシュマ、カルナ、クリパ師、アシュヴァッターマン、ヴィカルナ、ブーリシュラヴァス、そして、私に命を預けた多くの者たちがいます。これらの戦士たちは、戦いの経験も豊富で、さまざまな武器を手にしています。

長老ビーシュマに護(まも)られたわが軍の布陣は不十分で、ビーマに護られたパーンダヴァ軍の布陣は完璧(かんぺき)です。

カウラヴァ軍の戦士たちよ、正しい位置につき、長老ビーシュマを援護せよ。

サンジャヤ　ドリタラーシュトラ王よ、すると、長老ビーシュマは、ドゥルヨーダナの士気を高めるために、獅子吼（しく）を発し、高らかに法螺貝を鳴らしました。それから、法螺貝・大太鼓・中太鼓・小太鼓・角笛が鳴らされ、それらの音は猛々（たけだけ）しく響きました。

一方、白馬に繋（つな）がれた馬車の上で、クリシュナはパーンチャジャニヤという名の法螺貝を、アルジュナはデーヴァダッタという名の法螺貝を鳴らしました。そして、ビーマはパウンドラという名の法螺貝を、ユディシュティラはアナンタヴィジャヤという名の法螺貝を、ナクラとサハデーヴァはそれぞれスゴーシャとマニプシュパカという名の法螺貝を鳴らしました。さらに、カーシー国王、シカンディン、ドリシュタデュムナ、ヴィラータ、ユユダーナが、それぞれ法螺貝を鳴らしました。また、ドルパダ、ドラウパディーの息子たち、アビマニユも、それぞれ法螺貝を鳴らしました。それらの猛々（たけだけ）しい音は、天空と大地に響きわたり、カウラヴァ軍の戦士たちを圧倒しました。

このようにして、戦いが始まろうとした時、アルジュナは布陣されたカウラヴァ軍の戦士たちを見て、弓をかかげ、クリシュナに次のように言いました。

アルジュナ　クリシュナよ、戦いに集まった者たちが見えるように、敵が見えるように、愚かなドゥルヨーダナに加勢した者たちが見えるように、私の馬車を両軍の間に進めよ。

サンジャヤ　ドリタラーシュトラ王よ、アルジュナにこのように言われると、クリシュナは、長老ビーシュマ、ドローナ師、全ての王たちが立ち並ぶ中、両軍の間に馬車を進めて、言いました。

クリシュナ　アルジュナよ、戦いに集まったこれらの人たちを見よ。

サンジャヤ　ドリタラーシュトラ王よ、アルジュナは、両軍の中に、父・祖父・師・叔父（おじ）・兄弟・息子・孫・義父等の親族や友人たちがいるのを見て、非常な悲しみに襲われ、嘆き、次のように言いました。

アルジュナ　クリシュナよ、戦いに集まったこれらの親族を見て、私の手足は硬直し、口は渇き、体は震え、身の毛はよだち、肌は熱くなり、苦しい。弓のガーンディーヴァは、手から落ちてしまった。私は立っていることができない。私は迷っている。

悪い予感がする。戦いで親族を殺してよいはずがない。私は勝利も、国の支配も、幸福も望まない。国の支配、幸福、生命が何になるだろうか。親族が国を統治し、幸福になることを私は望んでいるのに、親族が生命と財産をすて、戦おうとしている。

私が殺されても、私は殺したくない。親族を殺すことで、全世界を支配できても、殺したくない。まして、この国の支配のためだけに、殺すことなどできない。

ドリタラーシュトラの息子たちを殺しても、私に喜びはない。私を殺そうとする彼らであっても、私が彼らを殺せば、私は罪を犯すことになる。ドリタラーシュトラの息子たちと親族を殺してはならない。親族を殺して、幸福になれるはずがない。彼らは、欲深く、一族の滅亡と友人の殺害が罪であることを知らないかもしれない。しかし、私はそれらが罪であることを知っている。罪を犯してよいはずがない。

一族の男性が滅亡すれば、規律がなくなる。規律がなくなれば、女性は堕落する。女性が堕落すれば、身分の違う相手との間に子を産み、身分が混乱する。身分が混乱すれば、祖先たちは正しく供養されなくなり、祖先たちは地獄に堕ちる。そして、子孫も、一族の男性を滅亡させた者も、地獄に堕ちる。一族の男性を滅亡させた者は、身分を混乱させる。カースト制度は崩壊し、一族の規律はなくなる。一族の規律がなくなれば、一族の人は必ず地獄に堕ちる。私はこのように聞いている。

私は国の幸福を願っているのに、親族を殺すという罪を犯すところだった。ドリタラーシュトラの息子たちは武器を手にしているが、私は抵抗もしないし、武器も手にしない。私は殺されても、幸福になれるだろう。

サンジャヤ　ドリタラーシュトラ王よ、アルジュナはこのように言うと、悲しみに耐えきれず、弓と矢を投げすてて、馬車の席に座り込んでしまいました。

第二章　アートマンと義務の遂行

戦意を喪失したアルジュナに対して、クリシュナは、アートマンの不滅と義務の遂行を理由に戦うことを勧める。身体の中には永遠のアートマンがあり、身体は殺されても、アートマンは決して殺されないこと、そして、クシャトリヤの義務である戦いをしなければならないことを説く。後半では実践することについて語り、行為の結果を考えずに行為をすること、心を〈ヨーガの状態〉にすること、執着せずに行為をすることを教える。

サンジャヤ　ドリタラーシュトラ王よ、このように悲しみ、涙を流し、迷い、嘆いているアルジュナに、クリシュナは次のように言いました。

クリシュナ　アルジュナよ、この期に及んで、何を怖気(おじけ)づいているのか。怖気づくなら、あなたは軽蔑(けいべつ)され、神の世界にも行けず、名誉も失う。怖気づいてはならない。あなたらしくない。心の弱さは卑しい。心の弱さをすて、立ち上がれ。

アルジュナ　クリシュナよ、尊敬する長老ビーシュマとドローナ師に向かって、矢を放つことはできない。偉大な師たちを殺すくらいなら、私は物乞(ものご)いの生活をした方がよい。たとえ、師たちが正しくなくても、師を殺せば、私は血で汚れたものを手にすることになるだろう。

私たちの勝利か、彼らの勝利か、どちらがよいのか、私には分からない。目の前のドリタラーシュトラの息子たちを殺してまで、私は生きようとは思わない。

彼らに同情し、私は罪に苦しみ、義務について迷っている。クリシュナよ、私はあなたの弟子であり、あなたを信じている。教えて欲しい。地上で最高の国を獲得したとしても、神々を支配することができたとしても、この苦しみがなくなる方法を私は知らない。

サンジャヤ　アルジュナはクリシュナにこのように言うと、「私は戦わない」と言い、黙ってしまいました。そして、両軍の間で嘆いているアルジュナを嘲笑するかのように、クリシュナは次のように言いました。

クリシュナ　アルジュナよ、あなたは、悲しむ必要のないことについて悲しみ、偽善者のように語る。死んだ人についても、生きている人についても、賢い者が悲しむことはない。

今まで、私もあなたも、この王たちも存在しなかったことはない。そして、この後、私たちが存在しなくなることもない。

身体の中にはアートマンがあり、そのアートマンは、人が少年・青年・老年になっても、身体の中にある。そして、死後、他の身体を獲得する。このことを賢い者が知らないことはない。

生きていれば、寒さ・暖かさ・楽しさ・苦しさを感じるが、それらは長く続かない。それらに耐えよ。賢い者は苦しさや楽しさにこだわらず、それらに悩まされない。そのような人が不死になる。

身体は永遠でなく、アートマンは永遠である。真理を知る者は、この違いを知っている。世界のいたるところに、〈永遠のもの〉は存在している。それを誰も滅ぼすことはできない。アートマンは永遠、不滅、無限であるが、アートマンが獲得した身体には終わりがある。従って、アルジュナよ、戦え。

アートマンが殺すと考える者、アートマンが殺されると考える者、この両者は正しく理解していない。アートマンは殺すこともなく、殺されることもない。アートマンは生まれることもなく、決して死ぬこともない。アートマンは不生、永遠である。身体が殺されても、アートマンが殺されることはない。アートマンを不滅、永遠、不生、不変であると知った者は、誰にも殺されないし、誰も殺さない。

古い服を脱ぎ、新しい服を着るように、アートマンは古い身体をすて、他の新しい身体を獲得する。

刀はアートマンを切断しない。火はアートマンを焼かない。水はアートマンを濡(ぬ)らさない。風はアートマンを乾かさない。アートマンは切断されず、焼かれず、濡らされず、乾かされない。

アートマンは永遠、遍在、堅固、不動である。アートマンに形はない。アートマンを考えることはできない。アートマンは変化しない。アートマンはこのようなものであるから、あなたは悲しむ必要はない。

たとえ、アートマンは生まれ、死ぬとしても、生まれた者は必ず死ぬ。そして、死んだ者は必ず再び生まれる。従って、あなたは悲しむ必要はない。生まれた者が死ぬことは避けられないし、死んだ者が再び生まれることも避けられない。避けられないことを悲しむ必要はない。

生き物の始めと終わりを知ることはできず、中間だけを知ることができる。始めと終わりを知ることができないのに、何を悲しむのか。

アートマンを見る者も、アートマンについて語る者も、アートマンについて聞く者も、とても少ないが、いることはいる。しかし、彼らもアートマンを知らない。

全ての身体にあるアートマンは決して殺されることがない。従って、あなたが悲しむ必要はない。

さらに、自らの義務を考えても、怖気づいてはならない。戦いより優れた義務は、クシャトリヤにはない。幸運なクシャトリヤだけが、このような戦いをすることができる。クシャトリヤがこのような戦いをすれば、死後、神の世界へ行くことができる。

義務であるこの戦いをしなければ、あなたは自らの義務を果たさず、誇りを失い、罪を犯すことになる。人々は「あなたは誇りを失った」と語り継ぐだろう。

尊敬されていた者が誇りを失うなら、死んだ方がよい。戦士たちはあなたを尊敬していたのに、「怖気づいて、戦いをやめた」と考え、軽蔑するだろう。敵はあなたを中傷し、あなたの力を見下すだろう。これよりも苦しいことは他にない。

あなたが殺されれば、神の世界に行き、勝利すれば、地上を支配できる。従って、戦う決意をして、立ち上がれ。苦楽や得失や勝敗にこだわらず、戦え。そうすれば、あなたは罪を犯さない。

これから、実践することを述べよう。それを実践すれば、あなたは行為の影響を受けない。実践の努力は無意味でもなく、無駄でもない。少しでも実践すれば、苦しみはなくなる。

賢い者の考えは正しいが、愚か者の考えは間違っている。愚かな者は甘い言葉を語り、ヴェーダの言葉だけを信じ、「それが全てだ」と語る。愚かな者は欲が深く、死んだ後、神の世界に行くことしか考えない。多くの特殊な祭式について語るが、それらの祭式は快楽と権力の獲得を目的にしている。それらの祭式をしても、愚かな者は生まれ変わる。そのような言葉に騙(だま)され、快楽と権力に執着する者も愚かである。

ヴェーダの内容にとらわれず、苦楽にこだわらず、心を清らかにして、富の獲得や維持を考えず、自分を見失ってはならない。水が十分であれば、余分な水は必要ないように、知識があれば、バラモンにヴェーダは必要ない。

行為をすることだけを考え、行為の結果を考える必要はない。行為の結果を目的としてはならないし、「行為をしない」と考えてもならない。

心を〈ヨーガの状態〉にして、執着をすて、成功や失敗にこだわらず、行為をしなさい。ヨーガとは〈区別せずに見ること〉である。

心を〈ヨーガの状態〉としないで行う行為は、心を〈ヨーガの状態〉として行う行為よりも、はるかに劣っている。心の状態が重要である。行為の結果を目的とする人は哀れである。

心が〈ヨーガの状態〉にある人は、善い行為も悪い行為の影響も受けない。従って、心を〈ヨーガの状態〉にしなさい。〈ヨーガの状態〉は、行為をするために最も有効である。心が〈ヨーガの状態〉にある賢い者は、行為がもたらす結果を考えず、輪廻（りんね）の苦しみから解放され、苦しみのない境地に達する。

あなたに心の迷いがなくなれば、すでに聞いた教えも、これから聞く教えも「意味がない」と感じるだろう。さまざまなことを聞いて、あなたは混乱しているが、集中すれば、動揺することがなく、あなたの心は〈ヨーガの状態〉になる。

アルジュナ　クリシュナよ、心が動揺していない人の特徴は何か。そのような人はどのように語り、どのように座り、どのように歩くのか。

クリシュナ　アルジュナよ、心が動揺していない人は、どんな欲望が心に生じても、それらの欲望を抑え、自分に満足する。心が動揺していない人は、苦しくても、心が乱れず、心が楽しさを求めず、欲望や恐怖や怒りがなく、「修行者」と言われる。心が動揺していない人は、何にも執着せず、善いことがあっても喜ばず、悪いことがあっても悲しまない。亀が手足を甲羅の中に収め、手足を動かさないように、心が動揺していない人は、感官のはたらきを抑え、何も感じない。

断食した人は、味以外の何も感じない。しかし、断食した人が〈最高のもの〉を知れば、味も感じない。どんなに努力する賢い者であっても、感官がはたらいていれば、心に苦しみがあり、激しい悩みがある。全ての感官のはたらきを抑え、心を〈ヨーガの状態〉にし、私のことだけを考えなさい。感官のはたらきを抑えた人の心は動揺しない。

感官が対象を感じれば、対象への執着が生じる。執着から欲望が生じ、欲望から怒りが生じる。怒りから愚かさが生じ、愚かさから心が混乱する。そして、心の混乱から心が動揺し、心が動揺すると人は滅びる。

欲望や憎しみがなく、感官のはたらきを抑えるなら、心のはたらきが抑えられ、幸福になる。幸福になれば、心は動揺しないから、全ての苦しみはなくなる。

〈ヨーガの状態〉にない人の心は動揺し、〈ヨーガの状態〉にない人は瞑想ができない。瞑想ができない人に心の静けさはない。心の静けさがない人に幸福はない。心は感官のはたらきに左右され、水上で舟が風で揺れるように、心は感官のはたらきで動揺する。従って、感官のはたらきを抑えた人は、何も感じることがなく、心は動揺しない。

全ての生き物に夜が訪れた時、感官のはたらきを抑えた修行者は目覚めている。全ての生き物が目覚めている時、修行者には夜が訪れる。海に水が注がれても、海が変化することはない。それと同じように、心に動揺がない人には、どんな欲望が生じても、心には静けさがある。欲望にとらわれる人に心の静けさはない。全ての欲望をすて、執着や慢心や驕りがない人には、心の静けさがある。

これこそが〈ブラフマンの状態〉である。心に静けさがあれば、人は迷わない。死ぬ直前でも、心に静けさがあれば、〈ブラフマンという解脱〉に到達する。

第三章　行為

クリシュナは、前章の後半で述べた行為について、〈行為をすること〉は〈行為をしないこと〉よりも優れていると説く。そして、全ての行為をクリシュナに捧げ、アートマンを理解し、欲望をすてることを語り、身体は自分のものではないと知り、戦うことをアルジュナに勧める。後半では、自らの義務を果たすことの重要性、欲望と怒りによって人は罪を犯すことを教える。

アルジュナ　クリシュナよ、心を〈ヨーガの状態〉にすることが、〈行為をすること〉よりも優れているなら、なぜ、あなたは私に恐ろしい行為を命じるのか。曖昧な教えによって、私は混乱してしまう。私の苦しみがなくなるように、はっきり教えて欲しい。

クリシュナ　アルジュナよ、苦しみがない解脱を獲得するためには、〈心による方法〉と〈行為による方法〉の二つがある。

行為をしないから、行為に影響されないわけではないし、行為を全くしないからといって、解脱できるわけではない。行為をしなければ、少しの間も人は存在できない。意図しなくても、身体の手足等が人に行為をさせる。

身体を動かさず、座り、瞑想していても、心に迷いがあれば、その人は劣っている。しかし、身体が行為をしても、心によって、感官のはたらきを抑え、執着がなければ、その人は優れている。

あなたは定められた行為をしなさい。〈行為をすること〉は、〈行為をしないこと〉よりも優れている。行為をしなければ、あなたの身体は維持されない。

人は行為に影響される。しかし、祭式であれば、その行為に影響されない。執着を離れ、祭式をしなさい。

プラジャーパティは、祭式と生き物を創造した後、次のように言った。

プラジャーパティ　祭式によって、お前たちは繁殖せよ。祭式によって、お前たちは願いを叶(かな)えよ。祭式によって、お前たちは神々を満足させ、神々はお前たちを満足させよ。互いに満足すれば、お前たちは最高の幸福を獲得するだろう。祭式によって満足した神々は、お前たちが望む食べ物を与えるだろう。神々から与えられた食べ物であるにもかかわらず、食べ物を供物として神々に捧げず、食べ物を食べる者は盗人である。

クリシュナ　供物として捧げた後の残り物を食べる人は、正しい人で、何の罪も犯さない。しかし、自分のためだけに料理をする人は、悪い人で、罪を犯す。

生き物は食べ物で成長する。食べ物は雨から生じる。雨は祭式から生じる。祭式は行為から生じる。行為はブラフマンから生じる。ブラフマンは〈不滅の存在〉から生じる。従って、一切に遍在しているブラフマンは、常に祭式に含まれている。

このような関係を理解せず、行為をしない者は、罪を犯し、感官で感じた快楽に溺れ、虚しく生きる。

一方、自分自身に喜びと満足と幸福を感じる人にとって、行わなければならない行為はない。自分自身に喜びと満足と幸福を感じる人は、行為をしても、行為をしなくても、何の影響も受けず、生き物に何らかの影響を与えることもない。

従って、執着せず、行為をしなさい。執着せず、行為をする人は、解脱する。ジャナカ王等は、行為だけによって解脱した。世界が存続するためだけであっても、あなたは行為をしなければならない。

最も優れた人が行うことを他の人々も行う。人々は最も優れた人に従う。私にとって、行わなければならない行為は、全世界に何ひとつない。私は欲しいものを全て手に入れた。しかし、それでも、私は行為をする。私が何の行為もしなければ、人々も何の行為もしない。私が行為をしなければ、全世界は滅びる。私は混乱の原因になり、全ての生き物は滅びる。

愚かな者は行為に執着して、行為をする。賢い者は行為に執着しないで、世界が存続するために、行為をしなければならない。賢い者は、行為に執着する愚かな者の心を混乱させてはならない。賢い者は心を〈ヨーガの状態〉にし、行為をしなければならない。そして、愚かな者にも行為をさせなければならない。

身体の手足等が行為をする。しかし、アートマンを誤解している者は「私が行為をする」と考える。「アートマンは手足等の身体ではない」、「アートマンは行為をしない」と知る賢い者は、「自分の身体が他の人の身体に作用する」と考え、行為に執着しない。身体を誤解している者は、身体が行う行為に執着する。賢い者は、誤解している愚かな者を惑わせてはならない。

アルジュナよ、全ての行為を私に捧げ、アートマンを理解し、欲望をすて、身体は自分のものではないと知り、悲しまず、戦いなさい。

私を信じ、私を疑わず、私のこの教えを実践する人は、行為の結果に影響されない。一方、私を疑い、私のこの教えを実践しない人は、何も知らない愚かな者で、滅びる。

賢い者であっても、自分の本性のままに行為をする。生き物もそれぞれの本性のままに行為をする。行為をすることはやめられない。

感官で対象を感じると、その対象に愛(いと)しさや憎しみが生じる。愛しさや憎しみは人の敵であるから、この二つに支配されてはならない。

自らの義務を果たすことが悪い結果をもたらすとしても、他人の義務を完全に行うことよりも優れている。自らの義務を果たして死ぬ者は優れ、他人の義務を行う者は身分制度の混乱をもたらす。

アルジュナ　クリシュナよ、人は罪を犯すことを望まないのに、なぜ、罪を犯してしまうのか。

クリシュナ　アルジュナよ、それは欲望である。それは怒りである。この二つによって大きな罪が犯される。この二つは敵である。火があれば煙があるように、鏡には汚れがあるように、胎児には羊膜があるように、人には欲望と怒りがある。欲望は燃え尽きることのない火であり、永遠の敵である。このような欲望によって、賢い者の考えも惑わされる。感官と心が感じることで、欲望は生じる。そして、欲望は考えを惑わし、アートマンを輪廻させる。

従って、感官のはたらきを抑え、考えを惑わす欲望をなくしなさい。「人間には身体だけがある」と言う者がいる。「身体の他に心がある」と言う者もいる。しかし、身体と心の他にアートマンがある。このように、アートマンがあることを知り、アートマンがあることを決して疑わず、欲望という手強い敵を滅ぼしなさい。

第四章　行為と知識

クリシュナは、行為について説き続け、自らの神秘的な誕生と行為を語る。クリシュナは行為をしていても、行為をしていない。執着がなければ、行為の結果に影響されず、知識によって行為の影響はなくなり、知識だけが罪を浄化する。〈知識という火〉は全ての行為を灰にする。従って、知識によって疑いを断ち、ヨーガを行い、立ち上がることをアルジュナに勧める。

クリシュナ　アルジュナよ、私はこの教えを太陽神ヴィヴァスヴァットに語り、ヴィヴァスヴァットは人間の祖マヌに伝え、マヌは太陽族のイクシュヴァーク王に伝えた。この教えを王族の修行者たちは知っていた。しかし、伝承は途絶えてしまった。この教えは古くからの教えであり、最高の秘密である。あなたは私のひたむきな信者であり、友であるから、今、この教えをあなたに述べた。

アルジュナ　クリシュナよ、あなたはヴィヴァスヴァットよりも後に生まれた。なぜ、あなたがヴィヴァスヴァットに語れるのか。

クリシュナ　アルジュナよ、過去に、私とあなたは何度も生まれた。私は過去の全ての誕生を知っているが、あなたは知らない。生き物の支配者である私自身は生まれないし、死ぬこともない。しかし、私の中には誕生の種子があり、私の神秘的な力によって、私は生まれる。

善が衰え、悪がはびこる時、私は生まれる。善人を救い、悪人を滅ぼし、正義を確立するために、私はユガの時代ごとに生まれる。

このように、私の神秘的な誕生と行為を正しく知る者は、死後、輪廻（りんね）することなく、私のもとに来る。欲望と恐怖と怒りがなく、私だけを想い、私に保護を求める者は、知識という力によって浄化され、私のもとに来る。私に保護を求める者を私は愛する。あらゆる場合に、人々は私の教えに従う。

祭式の結果を求める人々は、神々を崇拝し、この世で、すぐに祭式の結果を得る。

私は、人々にそれぞれの本性と義務を配分し、四カーストを創造した。創造という行為をしても、私は行為をしていない。私は行為の結果に影響されないし、行為の結果を求めない。このように私を知る者も、行為の結果に影響されない。

解脱を求めた人たちは、このように理解して、行為をしてきた。従って、同じように、あなたも行為をしなさい。

〈行為をすること〉とは何か、〈行為をしないこと〉とは何か、聖者たちもその答えを知らない。〈行為をすること〉を私は教えよう。それを知れば、あなたは苦しみから解放される。

〈行為をすること〉と〈行為ではないこと〉と〈行為をしないこと〉、これらの区別を知る必要がある。〈行為をすること〉を理解するのは難しい。行為をしていても「行為をしていない」と考える人、行為をしていなくても「行為をしている」と考える人、このような人は正しく理解している。その人は〈ヨーガの状態〉にあって、あらゆる行為をする。

欲望もなく、期待もせずに、行為をする人の行為は、〈知識という火〉によって焼かれ、その人は「賢い者」と呼ばれる。行為の結果に執着せず、いつも満足し、集中している人は、行為をしていても、何の行為もしていない。

欲望がなく、心のはたらきを抑え、何も求めない人は、身体だけが行為をするのであって、罪を犯すことはない。与えられたものに満足し、寒さや暑さなどの対立的な見方をせず、妬（ねた）まず、成功や失敗にこだわらない人は、行為をしても、行為の結果に影響されない。

執着がなく、愛（いと）しさや憎しみがない賢い者は、祭式行為をしても、行為の結果に影響されない。供物はブラフマンである。祭火はブラフマンである。ブラフマンによって、その供物がその祭火に捧(ささ)げられる。ブラフマンのために祭式をすれば、ブラフマンに到達する。

ある人は、神のために祭式をする。他の人は、祭式そのものを〈ブラフマンである祭火〉に捧げる。他の人は、耳などの感官を〈抑制という祭火〉に捧げる。他の人は、音などの対象を〈感官という祭火〉に捧げる。他の人は、感官のはたらきと呼吸を〈心の抑制という祭火〉に捧げる。その祭火は知識によって燃えている。

他の人にとっては、布施・修行・ヨーガ・学習が祭式である。他の人は、呼吸法によって、呼吸をコントロールし、吸う息を〈吐く息という祭火〉に捧げ、吐く息を〈吸う息という祭火〉に捧げる。他の人は、食事を制限し、吐く息を〈吐く息という祭火〉に捧げる。このような人たちは、祭式を知る者であり、祭式によって罪は消える。

祭式で残った不死の飲料を飲み、彼らはブラフマンに達する。祭式をしない者には、この世もあの世もない。

このような多様な祭式は、ブラフマンの口の中で行われる。「これら全ての祭式は行為から生じる」と知れば、あなたは解脱できる。

知識も祭式であり、他の祭式よりも優れている。どんな行為であっても、知識によって、行為の影響はなくなる。賢い者を尊敬し、賢い者に質問し、賢い者に奉仕し、知識が何であるかを知りなさい。真理を知る賢い者は、あなたにそれを教えるだろう。

知識が何であるかを知れば、あなたはもう迷わない。それを知れば、あなたは全てをアートマンの中と私の中に見るだろう。

どんな罪人より、あなたが罪深かったとしても、〈知識という舟〉によって、あなたは〈罪という川〉を渡る。火が薪を灰にするように、〈知識という火〉は全ての行為を灰にする。知識だけが罪を浄化する。

ヨーガを完成した人は、やがて、知識を獲得する。信仰心があり、感官のはたらきを抑え、ひたむきに知識を求める人は、知識を獲得する。そして、知識を獲得し、すぐに、心の平安を獲得する。

知識がない者、信仰心がない者、疑いを持っている者は滅びる。疑いを持っている者に、この世界はないし、死後に神の世界もなく、心の平安もない。

ヨーガを行い、行為に執着せず、知識によって疑いを断ち、心のはたらきを抑えれば、人は行為の影響を受けない。従って、〈知識という剣〉によって、心にある疑いを切断し、ヨーガを行え。立ち上がれ。アルジュナよ。

第五章　ブラフマン

クリシュナは、さらに行為について説き続け、〈ヨーガの状態〉にある修行者は、すぐにブラフマンに到達すること、行為をブラフマンに捧げれば、罪に汚されないこと、アートマンを知れば、ブラフマンを知ることを語る。〈ヨーガの状態〉とアートマンについても再説し、欲望や怒りがなく、心のはたらきを抑え、アートマンを知る修行者は、〈ブラフマンという解脱〉を獲得すると教える。

アルジュナ　クリシュナよ、あなたは〈行為をしないこと〉と〈行為をすること〉を語る。これらの中で、どちらが優れているのか？　はっきり教えて欲しい。

クリシュナ　アルジュナよ、〈行為をしないこと〉によっても、〈行為をすること〉によっても、最高の幸福を獲得することができる。しかし、〈行為をすること〉

は、〈行為をしないこと〉よりも優れている。

憎しみや愛しさがない人は、〈行為をしない人〉である。憎しみや愛しさなどの対立的な見方をしない人は、輪廻という苦しみから解放される。

愚かな者は理論と実践を区別するが、賢い者は区別しない。理論と実践の一方によって、両方の結果が獲得される。理論によって獲得されるものは、実践によっても獲得される。理論と実践を区別しないことが正しい。

〈行為をしないこと〉は、ヨーガによって獲得される。〈ヨーガの状態〉にある修行者は、すぐにブラフマンに到達する。〈ヨーガの状態〉にある人は、心で何も考えず、身体を動かさず、感官を通して何も感じない。生き物の本質であるアートマンになり、行為をしても、行為に影響されることはない。

〈ヨーガの状態〉にある人は、何を見ても、何の音を聞いても、何に触れても、何の匂いを嗅いでも、食べ物を食べても、動いても、眠っても、呼吸しても、話をしても、排泄しても、何をつかんでも、目を開いても、目を閉じても、「感官がはたらき、身体が行為をしている」と考え、「私自身は何の行為もしていない」と考える。

行為をブラフマンに捧げ、行為に執着せずに、行為をすれば、蓮華の葉が泥水に汚されないように、罪に汚されることはない。〈ヨーガの状態〉にある人は、行為をする。行為に執着せずに、苦しみから解放されるために、身体と心と感官によって行為をする。〈ヨーガの状態〉にある人は、行為の結果に執着せずに、心の平和を獲得する。しかし、〈ヨーガの状態〉にない人は、欲が深く、行為の結果に執着して、苦しむ。

アートマンは、行為に執着せず、それ自身で行為をすることもなく、他の何かに行為をさせることもない。アートマンは、ただ、身体の中に存在するだけである。アートマンは、身体に行為をさせることもなく、行為を生み出すこともなく、行為とその結果を関係づけることもない。ただ、アートマンはアートマンとして存在する。アートマンは、身体が犯した罪も背負わず、身体が行った善いことも受け取らない。人々はアートマンを知らないで、迷う。

太陽の光があれば、暗闇はなくなるように、アートマンを知れば、迷いはなくなり、ブラフマンを知る。ブラフマンを知り、ブラフマンを感じ、ブラフマンに身を捧げ、ブラフマンだけを想う人は、知識によって罪を滅ぼし、輪廻しない。

賢い者は、バラモン・牛・象・犬・シュードラを区別して見ることはない。ブラフマンは、バラモン・牛・象・犬・シュードラに等しく存在する。従って、それらを区別して見ない人は、ブラフマンを見ることになり、輪廻しない。

心に乱れや迷いがなく、ブラフマンを知り、ブラフマンに身を捧げた人は、楽をもたらすものを手に入れても、喜ばず、苦をもたらすものを手に入れても、悲しまない。

ものごとに執着しない人は、自分の中に幸福を見つける。ブラフマンだけを想う人は、永遠の幸福を手に入れる。感官で感じた快楽は苦の原因であり、永遠ではない。賢い者はそれらの快楽を獲得しても、喜ばない。

死を迎える前に、愛しさと憎しみの感情に耐えることができる人は、〈ヨーガの状態〉にある人で、幸福な人である。自分の中に幸福を見つけ、自分の中に楽しみがあり、自分の中に希望を持つ人は、〈ヨーガの状態〉にある人で、ブラフマンとなり、〈ブラフマンという解脱〉を獲得する。

罪を犯さず、寒さや暑さなどの対立的な見方をせず、心のはたらきを抑え、全ての生き物の幸福を喜ぶ聖者は、〈ブラフマンという解脱〉を獲得する。欲望や怒りがなく、心のはたらきを抑え、アートマンを知る修行者は、〈ブラフマンという解脱〉を獲得する。

身体の外のものごとを感じないようにして、眉間（みけん）に集中し、鼻孔を通る吐く息と吸う息を整え、感官と心のはたらきを抑え、解脱だけを考え、欲望も、恐怖も、怒りもない修行者は、すでに解脱している。

私は、祭式と修行の結果を受ける者、全世界の支配者、全ての生き物の友である。私をこのように知れば、人は平安を獲得する。

第六章　心のはたらきを抑える

クリシュナは〈行為をしないこと〉がヨーガであると語り、〈ヨーガの状態〉を説明する。関連して、ヨーガの方法と心を抑えることを説き、アルジュナにヨーガを行うことを勧める。〈ヨーガの状態〉にある人は区別した見方をすることはない。さらに、〈ヨーガの状態〉を獲得できなかった人の来世についても語り、ヨーガを行う人は修行者などよりも優れているとする。

クリシュナ　アルジュナよ、行為の結果を気にせず、定められた行為をする人が〈行為をしない人〉であり、〈ヨーガの状態〉にある人である。祭式をしない人はそうではない。単に行為をしない人はそうではない。〈行為をしないこと〉がヨーガである。

〈ヨーガの状態〉にある人は、何も考えない。〈ヨーガの状態〉を求める人は、行為をしなければならない。〈ヨーガの状態〉になった人は、心のはたらきがなくなり、解脱する。何も考えない人は、感官で感じるものに執着しないし、行為に執着しない。そのような人が〈ヨーガの状態〉になった人である。

心によって、自分を善い方向に導き、悪い方向に導いてはならない。心は自分の友であり、敵である。心のはたらきを抑えれば、心は自分の友になる。心のはたらきを抑えなければ、心は自分の敵になる。

心のはたらきを抑えた人は、寒くても暑くても、楽しくても苦しくても、称讃(しょうさん)されても軽蔑(けいべつ)されても、動揺しない。

ヨーガをする人が、ヨーガの理論と実践方法を知り、心の動揺がなくなり、感官で何も感じることなく、土と石と金を区別しなければ、〈ヨーガの状態〉にある。

味方と敵と中立者、憎い人と愛しい人、善人と悪人を区別しない人は、優れている。

ヨーガは、世間から離れ、心と体のはたらきを抑え、何も望まず、何も持たず、ひとりで行う必要がある。清らかな場所に行き、高くもなく、低くもなく、布と皮と草で覆われた座を作り、そこに座り、心を集中し、心と感官のはたらきを抑え、心を清めるために、ヨーガを行う必要がある。胴体と頭と首を一直線にし、動かず、鼻先だけを見つめ、心を落ち着かせ、恐れを感じず、性的欲望を抑え、私だけを考え、座る必要がある。心のはたらきを抑えて、このようにヨーガを続ける人は、最高の安らぎである私に達する。

多く食べる者、全く食べない者、多く眠る者、全く眠らない者もヨーガを行うことはできない。適度に食べ、適度に休み、適度に運動し、適度に眠り、適度に起きている者がヨーガを行うことができる。このようにヨーガを行えば、苦しみはなくなる。

心のはたらきを抑え、アートマンに集中すれば、その人には欲望がなく、〈ヨーガの状態〉がある。風がなければ、灯火は揺れないように、心のはたらきを抑えて、ヨーガを行えば、心に揺れはない。

〈ヨーガの状態〉では、ヨーガを行うことによって、心のはたらきが抑えられ、心によって、自分の中にアートマンを見て、満足する。最高の幸福は、感官で感じるものではなく、心で感じるものである。〈ヨーガの状態〉では、その最高の幸福を感じることができる。〈ヨーガの状態〉にある人は、真理と一体になる。〈ヨーガの状態〉を獲得すれば、他に獲得したいと思うものはなくなり、〈ヨーガの状態〉にある人は、苦しみに悩まされることはない。

苦しみがないことが〈ヨーガの状態〉である。従って、アルジュナよ、迷うことなく、ひたすらヨーガを行いなさい。どんな欲望も持たず、心によって、全ての感官のはたらきを完全に抑えなさい。心をアートマンに集中し、ゆっくり心を落ち着かせ、何も考えないようにしなさい。心が動揺する原因をなくし、心のはたらきをアートマンで抑えなさい。

ヨーガを行う人が、心のはたらきをなくせば、ブラフマンとなり、罪がなくなり、最高の幸福を獲得する。ヨーガを行う人が、常にアートマンだけを想えば、罪がなくなり、ブラフマンとなり、最高の幸福を獲得する。

〈ヨーガの状態〉にある人は、どんなものに対しても区別した見方をしない。全ての生き物の中にアートマンを見て、アートマンの中に全ての生き物を見る。全ての生き物の中に私を見て、私の中に全ての生き物を見る人にとって、私は永遠に存在し、私にとっても、そのように見る人は永遠に存在する。

「全ての生き物と私は同じである」と考え、全ての生き物の中に存在する私をひたむきに信仰する人は、〈ヨーガの状態〉にある人であり、何をしていても、私の中に存在する。「全ての生き物の楽は自分の楽である」、「全ての生き者の苦は自分の苦である」と考える人は、〈ヨーガの状態〉にある人であり、最も優れている。

アルジュナ　クリシュナよ、〈ヨーガの状態〉は〈区別せずに等しく見ること〉とあなたは言った。しかし、私の心は乱れ、そのような〈ヨーガの状態〉にはない。私の心は乱れ、苦しみ、抑えられない。風の流れを止めるのが難しいように、心のはたらきを抑えるのは難しい。

クリシュナ　アルジュナよ、確かに、乱れる心のはたらきを抑えることは難しい。しかし、繰り返し努力し、欲望をなくせば、抑えることができる。心のはたらきを抑えなければ、〈ヨーガの状態〉を獲得できない。正しい方法によって、心のはたらきを抑え、努力すれば、〈ヨーガの状態〉を獲得できる。

アルジュナ　クリシュナよ、信仰心があっても、心のはたらきを抑えることができず、〈ヨーガの状態〉を獲得できなかった人は、どうなるのか？　〈ヨーガの状態〉を獲得できないために、ヨーガを行わないために、雲がちぎれて消えてしまうように、滅びてしまうのか？　頼る場所を失い、ブラフマンへ到達できないのか？　あなたは、この疑問を完全に解決してくれる。あなたの他に、この疑問を解決できる者はいない。

クリシュナ　アルジュナよ、現世でも、来世でも、そのような者は決して滅びない。善いことをする者は、誰も地獄に行かない。〈ヨーガの状態〉を獲得できなかった人は、善人たちの世界に行き、長い間、そこに住んでから、清らかな行いをする人たちの家に生まれ変わる。

あるいは、〈ヨーガの状態〉にある人の家に生まれ変わることがないわけではない。そこで、前世で行ったことを思い出し、〈ヨーガの状態〉を目指し、さらに努力する。前世で行った繰り返しの努力は、来世にも影響を与える。

〈ヨーガの状態〉を知ろうとすることは、ブラフマンを想うことよりも優れている。努力を続ければ、ヨーガを行う人の罪はなくなり、何度も生まれ変わった後、〈ヨーガの状態〉を獲得し、解脱する。

ヨーガを行う人は、修行者や賢い者や祭式を行う人よりも、優れている。従って、アルジュナよ、ヨーガを行いなさい。ヨーガを行う人たちの中で、私を想い、信仰心があり、私をひたむきに信じる者は、〈ヨーガの状態〉にある人であり、最高の人である。

第七章　万物の根源

前章まで、繰り返しヨーガについて語ってきたが、本章では、ヨーガによってクリシュナを知ることができると語り、クリシュナの中には万物の根源があると説く。万物はクリシュナから生じ、消滅すると、クリシュナの中に戻る。後半では、知識がある者とない者の違いを述べ、クリシュナに救いを求め、努力する人はブラフマンと最高のアートマンを知ると語る。

クリシュナ　アルジュナよ、私を想い、私を頼り、ヨーガを行えば、必ず私を完全に知ることができる。どのようにして私を知るか、それを聞きなさい。私はあなたに全てを教える。それらを知れば、この世界に、他に知る必要があるものは残っていない。

〈ヨーガの状態〉を目指し、努力する者は、何千人もの中でも、極めて少ない。努力して、〈ヨーガの状態〉を獲得した人の中でも、私を正しく知る者は、極めて少ない。

私の中には、万物の根源がある。その根源は、地・水・火・風・空・思考器官・判断器官・自我器官の八つから構成されている。

しかし、これは〈劣った根源〉であり、私にはこれとは別の〈優れた根源〉がある。〈優れた根源〉とはアートマンで、世界はこの根源によって維持されている。万物の根源はこの二つである。

万物は私から生じ、万物が消滅すると、私の中に戻る。私は最高の存在である。宝玉が糸につながれているように、万物は私につながれている。

私は水の味、月と太陽の光、一切のヴェーダの聖音オーム、空間の音、男性の勇気である。私は地の香り、火の輝き、全ての生き物の生命、修行者の修行である。私は全ての生き物の永遠の種子、知識ある者の知、輝きある者の輝きである。私は力ある者の力であるが、その力は欲望を叶えるものではない。私は生き物の欲望であるが、その欲望は善を叶えるものである。

全てのものごとは、サットヴァ、ラジャス、タマスという三つの要素によって構成されている。そして、サットヴァ的、ラジャス的、タマス的なものごとは、私から生じる。それらのものごとの中に私が存在するのではなく、私の中にそれらのものごとが存在する。

私はこれらの要素より優れ、変化しない。しかし、人々はこれらの要素に惑わされ、私を理解できない。何故なら、私の神秘的な力は、これらの要素によって構成され、人々はその力に支配されているからである。私だけを崇拝する者だけが、その力の支配から逃れることができる。愚かで、卑しい悪人は私を崇拝せず、その力によって迷わされ、悪魔の状態にある。

一方、善人は私を崇拝する。善人は、悩める者、知識を求める者、目的がある者、知識がある者の四種類である。

この者たちの中で、知識がある者が優れ、いつも私を心で想い、私をひたむきに信仰している。知識がある者は私を愛し、私は知識がある者を愛する。他の者たちも優れているが、知識がある者は私自身でもある。知識がある者の心に迷いはなく、私という最高の状態にある。何度も生まれ変わった後、知識がある者は「クリシュナは一切である」と考え、私を崇拝する。このような者は偉大で、極めて少ない。

欲が深く、知識がない者は、一般的な崇拝方法に従い、自分で選んだ神を崇拝する。どんな神であっても、その神を信仰し、崇拝するのであれば、私はその者の信仰心をより強いものにする。より強くなった信仰心で、その者はその神を崇拝する。そして、彼の願いは叶えられるが、それは私が叶えたものである。しかし、他の神を崇拝する者は愚かである。その崇拝の果報には限りがあり、その神のもとに行けるだけである。私を崇拝する者は、私のもとに来ることができる。

私の本来の姿は現われていないのに、愚かな人は「現われている」と考え、私の最高の姿を知らない。私の本来の姿は、神秘的な力で隠されているため、誰も私を知ることはできない。私は、生じることもなく、変化することもない。しかし、愚かな人は、このような私を知らない。

私は、過去に存在した人たち、現在存在している人たち、未来に存在する人たちを知っているが、誰も私を知らない。

好きや嫌いなどの対立的な見方は、愛(いと)しさや憎しみから生じる誤った見方である。この誤った見方によって、世界が創造された時から、全ての生き物は迷っている。善い行いによって、罪がなくなった人は、好きや嫌いなどの対立的な見方をしなくなり、強い意志をもって、私を崇拝する。

老いや死の苦しみから逃れるために、私に救いを求め、努力する人は、ブラフマンと最高のアートマンを知る。最高の行為と最高の生き物を知る。最高の神と最高の祭式を知る。そして、「これら全ては私である」と知る。このような人は、心のはたらきがなくなり、死ぬ瞬間に、私をこのように知る。

第八章　生まれ変わり

クリシュナは、前章の最後に言及したブラフマン等について説明し、その後、生まれ変わりの教えを説く。死ぬ瞬間に、ある状態を想えば、その状態になる。生まれ変わりは苦しみをもたらすが、クリシュナのもとに来れば、生まれ変わらない。クリシュナはより根源的な〈永遠の原理〉である。火葬された後、アートマンがたどる火の道と煙の道についても説明する。

アルジュナ　クリシュナよ、ブラフマンとは何なのか？　最高のアートマンとは何なのか？　最高の行為とは何なのか？　最高の生き物とは何なのか？　最高の神とは何なのか？　最高の祭式とは何なのか？　心のはたらきがなくなった人が、死ぬ瞬間に、どのようにして、あなたを知るのか？

クリシュナ　アルジュナよ、ブラフマンとは滅びることがない絶対的存在である。最高のアートマンとはブラフマンの本質である。最高の行為とは生き物のあり方を決める活動である。最高の生き物とは滅びる存在である。最高の神とはプルシャである。最高の祭式とは身体の中にある私自身である。

死ぬ瞬間に、私だけを想い、アートマンが身体を離れれば、必ず私と同じ状態になる。死ぬ瞬間に、ある状態を想えば、人はその状態になる。従って、どんな時でも、私を想い、戦いなさい。私のことだけを想えば、必ず私のもとに来る。

ヨーガを繰り返し行い、〈ヨーガの状態〉になった心で、最高のプルシャを集中して想えば、最高のプルシャと同じ状態になる。伝説的な聖者・王・最も微細なもの・全てを支えているもの・不可思議なもの・闇の中で太陽のように輝くものを想いなさい。死ぬ瞬間に、〈ヨーガの状態〉にある人が、呼吸を眉間（みけん）に集中し、集中した心によって、ひたむきに信仰し、ヨーガによって、それらを想えば、最高のプルシャに到達する。

ヴェーダを知る者は「それは滅びない」と言う。欲望がなくなった修行者は、それと同一になる。それを獲得するために、人は禁欲生活を送る。それをあなたに話そう。

感官と心のはたらきを抑え、呼吸を整え、ヨーガを続けなさい。ブラフマンである「オーム」というひとつの聖音を唱えて、私を想いなさい。このようにしている時に、アートマンが身体を離れ、息を引き取れば、最高の状態に行く。いつも心を集中し、いつも私を想い、いつも〈ヨーガの状態〉にあれば、私のもとに来るのは難しくない。

生まれ変わりは苦しみをもたらすが、永遠には続かない。私のもとに来れば、〈ヨーガの状態〉にある者は生まれ変わらない。ブラフマー神の世界に生まれるまで、人は何度も生まれ変わるが、私のもとに来れば、生まれ変わらない。

ブラフマー神の昼と夜は、それぞれ千ユガの長さである。このように知る者が昼と夜を知る者である。全てのものは、昼になると、根源的原理から生じ、夜になると、根源的原理の中に戻る。全ての生き物も、生じた後で、夜には戻り、昼には生じる。

しかし、その根源的原理よりも他に、より根源的で〈永遠の原理〉がある。その原理は、全てが滅んでも、滅びることはない。より根源的な〈永遠の原理〉は、最高の目的地である。そこに到達すれば、再び戻ることはない。そこには私がいる。それは最高のプルシャであり、ひたむきな信仰によって到達することができる。その中に全てがあり、それによって全てが満たされている。

〈ヨーガの状態〉にある人は、死んだ後、生まれ変わらない場合もあれば、生まれ変わる場合もある。

〈ヨーガの状態〉にある人がブラフマンを知っていれば、火葬された後、アートマンは火の道、光の道、昼の道、新月になるまでの月の道、北に向かう太陽の道を通り、ブラフマンに達し、生まれ変わらない。

一方、〈ヨーガの状態〉にある人がブラフマンを知らなければ、火葬された後、アートマンは煙の道、夜の道、半月になるまでの月の道、南に向かう太陽の道を通り、月に達し、生まれ変わる。

火の道から始まる一連の道、そして煙から始まる一連の道は、それぞれ定まっていて、変わることはない。火の道から始まる一連の道を通れば、生まれ変わらず、煙の道から始まる一連の道を通れば、生まれ変わる。

〈ヨーガの状態〉にある人は、この二つの一連の道を知っているから、迷うことはない。従って、アルジュナよ、どんな時でもヨーガを行いなさい。

「ヴェーダの学習や祭式や修行や布施をすれば、よい果報がある」と言われているが、〈ヨーガの状態〉にある人は、それらの果報を求めず、以上の教えを知り、解脱する。

第九章　神は全世界を満たす

クリシュナは最高の秘密を語る。クリシュナは全世界を満たし、全ての生き物を繰り返し創造し、多様な姿をとる。後半では、クリシュナを想い、崇拝し、ひたむきに信じる人に、クリシュナは最高の幸福を与えると説き、悪人であっても、ひたむきに信じれば、善人になり、身分が低い者でも、解脱できるとする。従って、アルジュナにひたむきに信じることを勧める。

クリシュナ　アルジュナよ、あなたは素直だから、最高の秘密を話してあげよう。その秘密とは、理論と実践方法に関するもので、それを知れば、あなたは苦しみから解放される。

それは最高の知識、最高の秘密、最高の浄化具で、直感的に理解できる。聖典の規定に基づき、実行可能な永遠の教えである。この教えを信じない人は、私のもとに来ることなく、生と死を繰り返す。

姿をとらない私によって、この全世界は満たされている。全ての生き物は私の中に存在するのであって、私が全ての生き物の中に存在するのではない。しかし、木々が森の中に存在するように、全ての生き物が私の中に存在するのではない。私の力は偉大で、私は全ての生き物を創造し、維持する。それでも、私は生き物の中に存在しない。風はどこでも吹くが、必ず空間の中で吹き、風は空間の中に存在し、空間の外には存在しない。そのような風と同じように、全ての生き物は私の中に存在し、私の外には存在しない。

ブラフマー神の一日が終わると、全ての生き物は、私の根源的原理に戻る。そして、ブラフマー神の次の一日が始まると、再びそれらを私は創造する。根源的原理の力によって、私は全ての生き物を繰り返し創造する。しかし、私は創造する行為に執着せず、その行為に関心がないから、私は行為の影響を受けない。私は創造を監視するだけである。根源的原理から動植物が創造され、世界はさまざまに拡がっていく。

私は生き物の支配者であり、絶対的存在である。しかし、愚かな人は、それを知らないで、人間の姿をとった私を軽視する。愚かな人の願いは叶わず、行為は無益で、知識は無意味で、心は乱れている。彼らは〈悪魔のような人間〉で、人々を迷わせる。

一方、〈神のような人間〉は、私を生き物の根源であると知り、心を集中し、私を崇拝する。彼らは、私を讃え、努力し、生活規則を守り、私をひたむきに信じ、私に身を捧げ、私だけを想う。

他の人たちは、〈知識という祭式〉によって、祭式を行い、私を想う。私は、全ての生き物と同じように存在している。私は、全ての生き物と異なって存在している。私は、多様な姿をとり、全てに存在している。彼らは、このような私を想う。

私は祭式・神酒・薬草・呪文・バター・祭火・供物である。私はこの世界の父・母・創造者・祖父である。私は知識の対象・浄化具・聖音オーム・讃歌・祭詞である。私は目的地・維持者・支配者・証人・住居・避難所・友人である。私は世界の始まり・世界の終わり・世界の中間である。私は貯蔵所・不滅の種子である。

私は熱を生み出す。私は雨を止め、雨を降らせる。私は不死であり、死である。私は存在し、存在しない。

神の世界に生まれることを願う人は、三つのヴェーダを学び、神酒を飲み、罪を清め、私のために祭式をする。その結果、インドラ神の世界に行き、神と同じ楽しみを味わうことができる。神の世界の楽しみを味わい、果報が尽きると、再び人間の世界に戻ってくる。三つのヴェーダが述べているように、楽しみを求める人は、神の世界と人間の世界を行き来する。

私だけを想い、私を崇拝し、いつも私をひたむきに信仰している人に、私は最高の幸福を与える。

他の神を信仰し、その神のために祭式をする人は、私のために行う祭式とは異なる方法で祭式をしても、私のために祭式をする人である。何故なら、全ての祭式は私のためにあり、私は全ての祭式の支配者だからである。しかし、他の神を信仰する人は、本当の私を知らず、人間の世界に生まれる。

神のために祭式をする人は、神の世界に行く。祖先のために祭式をする人は、祖先の世界に行く。死者のために祭式をする人は、死者の世界に行く。そして、私のために祭式をする人は、私のもとに来る。

私をひたむきに信じ、心のはたらきを抑え、葉や花や果実や水を私に捧げるなら、私はそれらを受け取る。アルジュナよ、行為を私に捧げなさい。食べ物を私に捧げなさい。供物を私に捧げなさい。修行を私に捧げなさい。そのようにすれば、あなたは善悪の結果をもたらす行為の影響を受けない。あなたは行為に執着せず、〈ヨーガの状態〉にある者となり、解脱し、私のもとに来る。

私はどんな生き物も区別せず、等しく見る。私には憎い者も愛しい者もいない。私をひたむきに信じ、私を崇拝する人は、私の中に存在する。そして、私も彼らの中に存在する。

最も悪い行為をする人であっても、私をひたむきに信じ、私を崇拝するなら、その崇拝は善いことであるから、その人は善人になる。その人の心は正しいから、永遠の幸福を獲得する。私をひたむきに信じる者は滅びない。

私をひたむきに信じれば、身分が低い者でも、女性でも、ヴァイシャでも、シュードラでも解脱できる。バラモンやクシャトリヤが解脱できるのは、言うまでもない。

この世界ははかなく、苦しみに満ちている。このような世界に生まれたなら、私をひたむきに信じなさい。私を想い、私をひたむきに信じ、私のために祭式を行い、私に全てを捧げなさい。このようにすれば、あなたは必ず私のもとに来る。

第十章　神の多様な現われ

前章に続き、クリシュナは自らを全ての起源であり、全てはクリシュナから生じると説くが、それに対して、クリシュナの現われを理解できないアルジュナは本当の姿を語って欲しいと願う。そこで、クリシュナは多様な現われの中の主要なものを具体的に語る。しかし、それは限りない現われの一部で、一部によって全世界を支えているに過ぎないと語る。

クリシュナ　アルジュナよ、さらに、最高の教えを説こう。あなたは、この教えを聞いて、喜ぶだろう。あなたの幸福のために、その教えを説こう。

神々や聖者たちも私の起源を知らない。私は、神々や聖者たちが存在する以前に存在していた。私には誕生もなく、始まりもない。私は世界の支配者である。

このように知る人は、正しく知る人であり、全ての罪から解放される。

判断・認識・迷わないこと・忍耐・真実・抑制・平静・楽・苦・誕生すること・消滅すること・恐れること・恐れないこと・生き物を殺さないこと・区別しない見方・満足・修行・与えること・名誉・不名誉は、全ての生き物が持っている特性であり、私から生じる。

七大聖者と四人のマヌは、私と同じ特性を持ち、彼らは私から生じた。そして、彼らの世界に生き物が生じた。私のこのような偉大な力を知る人は、必ず〈ヨーガの状態〉になる。

私は全ての起源であり、全ては私から生じる。賢い者たちは、このように考え、敬意を込めて、私をひたむきに信仰する。そのような賢い者たちは、私だけを想い、私に生命を捧げ、賢い者同士で啓発し合い、常に私のことを語り、満足し、喜ぶ。

いつも私だけを想い、私をひたむきに信仰する者たちは、私によって〈ヨーガの状態〉になる。そして、彼らは私のもとに来る。私は、彼らの心に寄り添い、輝く知識の火によって、無知から生じる彼らの闇を焼く。

アルジュナ　クリシュナよ、全ての聖者、偉大な聖者ナーラダ、アシタ、デーヴァラ、ヴィヤーサは「あなたは、最高のブラフマン・最高の場所・最高の浄化具・永遠のプルシャ・第一の神・生じることのない者・遍在する者である」と言う。そして、あなたも、あなた自身を同じように語る。

あなたが私に話したことは、全て正しいと思う。神々も悪魔もあなたの現われを知らない。あなただけがあなた自身を知っている。最高のプルシャよ、生き物の創造者よ、生き物の主よ、神々の神よ、世界の主よ。

「この世界は、あなたの本当の姿によって満たされている」と言うが、私はあなたの現われを理解できない。全てを語って欲しい。どう考えれば、あなたを知ることができるのか？　どうすれば、あなたを想えるのか？　さらに、あなたの力と本当の姿を詳しく語って欲しい。あなたの教えは何度でも聞きたい。

クリシュナ　アルジュナよ、私の現われは多様で、限りがない。従って、その主要なものを語ろう。

私はアートマンであり、あらゆる生き物の中に存在する。私は生き物の始まりであり、中間であり、終わりである。

私は、アーディティヤ神群の中のヴィシュヌ神、天体の中の太陽、マルトたちにとってのマリーチ、星宿の中の月である。私は、ヴェーダの中の『サーマ・ヴェーダ』、神々の中のインドラ神、感官の中の心、生き物の心のはたらきである。私は、ルドラ神群の中のシヴァ神、ヤクシャとラクシャスの中のクベーラ神、ヴァス神群の中のアグニ神、山の中のメール山である。

私は、祭官の中のブリハスパティ、軍司令官の中のスカンダ神、水をたたえるものの中の海である。私は、七大聖者の中のブリグ、音の中のオーム、祭式の中の読誦、山脈の中のヒマーラヤである。私は、木の中の菩提樹、偉大な聖者の中のナーラダ、ガンダルヴァの中のチトララタ、シッダの中のカピラである。

私は、馬の中のウッチャイヒシュラヴァス、象の中のアイラーヴァタ、人間の中の王である。私は、武器の中のヴァジュラ、牛の中のカーマデーヌ、繁殖者の中のカーマ神、蛇の中のヴァースキである。私は、コブラの中のアナンタ、水中に住む者の中のヴァルナ神、祖霊の中のアリヤマン、裁く者の中のヤマである。

私は、悪魔の中のプラフラーダ、計量者の中の時間、獣の中のライオン、鳥の中のガルダである。私は、浄化するものの中の風、戦士の中のラーマ、水生動物の中のマカラ、川の中のガンジス川である。私は、世界の始まり、世界の中間、世界の終わりである。私は、知識の中の最高の知識、言論者の言葉である。

私は、文字の中の〝a〟、複合語の中の並列複合語、不滅の時間、創造者である。私は、全てを奪う死、未来の原因、女性名詞の中の名声・栄光・言葉・記憶・知力・堅固・忍耐である。私は、旋律の中のブリハットサーマン、韻律の中のガーヤトリー、暦月の中のマールガシールシャ、季節の中の春である。

私は、賭博（とばく）者の賭博、輝くものの輝き、勝利、決意、勇気ある者の勇気である。私は、ヴリシュニ族の中のクリシュナ、パーンダヴァ軍の中のアルジュナ、聖者の中のヴィヤーサ、詩人の中のウシャナスである。私は、裁く者が用いる警棒、為政者の政策、秘密の中の秘密、知識ある者の知識である。

私は、全ての生き物の種子であり、私がいなければ、動物も植物も存在しない。

私の現われに限りはないが、その一部を私は述べた。輝きあるもの、栄光あるもの、力あるものは、私の一部から生じた。しかし、これらのことを知って、何になるだろうか？　私は、私の一部によって、全世界を支えているに過ぎない。

第十一章　神の無限な姿

前章で、自らの多様な現われを語ったクリシュナに対して、アルジュナはその姿を見たいと願う。アルジュナに特別な眼を与え、クリシュナは自らの無限で多様な姿を見せるが、その姿は恐ろしく、両軍の戦士たちを飲み込んでいた。その姿を見て怯(おび)えるアルジュナに、クリシュナは自らが世界の破壊者であり、敵軍の戦士たちはすでに殺され、すでに殺されている者をアルジュナは殺すだけだと教える。最後に、クリシュナは以前の姿に戻る。

アルジュナ　クリシュナよ、あなたは、私のために、最高のアートマンに関する秘密の教えを説いた。私の迷いはなくなった。私は、生き物の誕生と消滅、あなたの不滅の偉大さを詳しく聞いた。あなた自身について、あなたが語った通りである。

しかし、私は、あなたの姿を見たい。もし見ることができるなら、あなた自身の不滅の姿を見せて欲しい。

クリシュナ　アルジュナよ、無限で多様な姿、神秘的な姿、多くの色と形をした私の姿を見よ。アーディティヤ神群、ヴァス神群、ルドラ神群、アシュヴィン双神、マルト神群を見よ。今まで見たこともない姿、驚異的な姿を見よ。私の中に存在している動物と植物を見よ。全世界を見よ。他に見たいと思うものを見よ。

しかし、その眼によって、あなたは私を見ることができない。特別な眼をあなたに与えよう。私の偉大な力を見よ。

サンジャヤ　ドリタラーシュトラ王よ、このように言って、偉大なヨーガの主であるヴィシュヌ神は、最高の神秘的な姿を見せました。

その姿には、多くの口と眼があり、多くの神の顔があり、多くの神の装身具をまとい、多くの神の武器を持っていました。さらに、神の花輪を持ち、神の服を身にまとい、神の香を塗ったものでした。

全てが驚異的なもので、全方向に顔を向けた、無限の神の姿でした。その輝きは、空に千の太陽があるとしたら、それらの太陽の輝きのようでした。

アルジュナは、神の身体の中に、全世界があり、多様に分かれているのを見ました。そして、驚き、震えながら、アルジュナは、頭(こうべ)を垂れ、手を合わせ、次のように言いました。

アルジュナ　クリシュナよ、あなたの身体の中に、神々、全ての生き物、蓮華(れんげ)に座っているブラフマー神、全ての聖者たち、蛇の神たちが見える。多くの腕と胴体と口と眼があり、あらゆる方角に拡がった無限の姿が見える。

あなたには、始まりも、中間も、終わりもない。王冠を被(かぶ)り、棍棒(こんぼう)と円盤を携え、全方向に輝きを放ち、火や太陽のように輝くあなたが見える。私は、その姿をじっと見ていることができない。

あなたは、不滅者、知識の最高の対象、世界の最高の場所、変化しない者、永遠の規則の保護者、永遠のプルシャである。あなたには、始まりも、中間も、終わりもない。

あなたには、無限の力と無数の腕がある。あなたは、太陽と月を眼とし、祭火を口とし、自らの光によって、この世界を照らしている。あなたは、天と地の間に拡がり、全ての場所に存在している。あなたの恐ろしい姿を初めて見て、全世界は震えている。

神々は、あなたの中に入る。人々は、怯え、あなたに手を合わせる。偉大な聖者とシッダは、あなたを讃歌で讃える。ルドラ神群、アーディティヤ神群、ヴァス神群、サーディヤ神群、アシュヴィン双神、マルト神群、祖霊、ガンダルヴァ、ヤクシャ、アスラ、シッダは、驚いて、あなたを見ている。

あなたには、多くの口と眼と腕と腿と足と胴体と恐ろしい牙がある。その姿を見て、人々も私も震えている。あなたは、天空まで達し、燃え上がり、多くの色で彩られ、口を開き、大きな眼は燃えている。

このようなあなたの姿を見て、私は震え、動揺している。恐ろしい牙がある多くの口は、世界を破壊する火のように燃え上がっている。あなたのこのような姿を見て、私は方角も分からず、逃げる場所が見つからない。

ドリタラーシュトラの子供たち、王たち、長老ビーシュマ、ドローナ師、カルナ、私の軍の戦士たちは、たちまち、あなたに飲み込まれる。あなたの恐ろしい牙によって、ある者たちの頭は砕かれ、歯の間に挟まっている。川の水が海に注ぐように、戦士たちは燃え上がるあなたの口に入る。蛾が火の中に飛び込むと死んでしまうように、人々はあなたの口に入り死んでしまう。あなたは全ての人々を飲み込み、燃える口で舐めている。全世界を輝きで満たし、あなたは恐ろしい光で照らす。

恐ろしい姿をしたあなたは誰なのか？　第一の原因であるあなたを私は知りたい。私はあなたの目的が分からない。

クリシュナ　アルジュナよ、私は時間である。世界の破壊者であり、世界の破壊が目的である。

あなたが殺さなくても、敵軍の戦士たちは生きてはいない。従って、アルジュナよ、立ち上がれ。敵に勝利して、名声と繁栄する国を手に入れよ。私によって、彼らはすでに殺されている。あなたは私に協力するだけだ。ドローナ師、長老ビーシュマ、ジャヤッドラタ、カルナ、他の戦士たちは、すでに私によって殺されている。あなたは、すでに殺されている者たちを殺すだけだ。恐れずに、戦え。あなたは敵に勝利するだろう。

サンジャヤ　ドリタラーシュトラ王よ、クリシュナのこの言葉を聞いて、アルジュナは、震えながら、手を合わせ、敬意を示し、恐れで言葉をつまらせながら、再び、クリシュナに次のように言いました。

アルジュナ クリシュナよ、人々は、あなたを称讃(しょうさん)し、喜び、満足している。ラクシャスは、恐れて、逃げ回り、シッダは、あなたに手を合わせている。あなたは、ブラフマー神よりも偉大で、第一の創造者である。あなたに手を合わせるのは当然である。

あなたは、無限、神々の主、世界の場所、不滅、存在するもの、存在しないもの、存在するものと存在しないものを超えたものである。あなたは、第一の神、第一のプルシャ、世界の拠(よ)り所、知る者、知られる者、無限の姿をもつ者であり、世界のあらゆる場所に存在する。あなたは、ヴァーユ神、ヤマ、アグニ神、月、プラジャーパティ、ブラフマー神である。

私は、あなたに千回頭を垂れる。さらに、何度も頭を垂れる。あらゆる方向から、あなたに頭を垂れる。あなたには、無限の力と勇気があり、全てがあなたによって満たされている。あなたは全てである。

あなたのこのような偉大さを知らず、私は、愚かにも、親しみを感じ、「クリシュナよ」、「友よ」と言ってしまった。あなたが歩いている時、横になって休んでいる時、座っている時、食事をしている時、あなた一人だけであっても、人と一緒であっても、私はあなたとふざけてしまった。その無礼を許して欲しい。

あなたは、動物と植物の父、尊敬される者、最高の教師である。どんな世界にも、あなたと等しい者はいない。あなたより優れた者はいない。あなたには、無限の力がある。あなたは、主であり、称讃される者である。

そのようなあなたに、私は体を投げ出し、敬意を示すことによって、あなたに喜んでもらいたい。父が子を許すように、友が友を許すように、恋人が恋人を許すように、私を許して欲しい。

今まで見たこともないものを見て、私は嬉(うれ)しい。しかし、恐怖で怯えてもいる。私に以前の姿を見せて欲しい。王冠を被り、棍棒と円盤を持った姿に戻って欲しい。四本の腕を持った姿に戻って欲しい。

クリシュナ　アルジュナよ、あなたの願いに応え、私自身の力によって、私はこの最高の姿を見せた。私の姿は、輝き、一切、無限、第一の原因である。

あなた以外の誰も、以前に私の姿を見た者はいない。ヴェーダの知識・祭式・聖典の学習・布施・儀式・激しい修行によっても、あなた以外に、私の姿を見た者はいない。私のこのような恐ろしい姿を見ても、恐れてはならない。動揺してはならない。恐れずに、喜びなさい。そして、再び、私の以前の姿を見なさい。

サンジャヤ　ドリタラーシュトラ王よ、クリシュナは、アルジュナにこのように言うと、再び以前の姿に戻りました。そして、再び優しい姿になって、恐れを感じていたアルジュナを励ましました。

アルジュナ　クリシュナよ、あなたの優しい人間の姿を見て、私は安堵し、心は落ち着き、以前のようになりました。

クリシュナ　アルジュナよ、私の姿を見ることは、ほとんど不可能である。神々さえも、このような私の姿を見たいと願っている。ヴェーダの知識・修行・布施・祭式によっても、私の姿を見ることはできない。しかし、あなたは見ることができた。

　私をひたむきに信じれば、このような私の姿を知ることも、見ることも、私と一体になることもできる。私のために行為をする人、私だけを想う人、私をひたむきに信じる人、欲望がない人、どんな生き物も憎まない人は、私のもとに来る。

第十二章　ひたむきな信仰

前章まで、クリシュナはひたむきな信仰をたびたび説いてきたが、この章では、それを中心に説く。クリシュナをひたむきに信仰する人が、ヨーガを最も知る者である。ヨーガによってクリシュナだけを想う人は輪廻から救われる。ひたむきに信仰する人をクリシュナは愛するが、最も愛するのは、教えを理解し、クリシュナを最高と考え、ひたむきに信仰する人であると言う。

アルジュナ　クリシュナよ、常に〈ヨーガの状態〉にあり、あなたを信仰し、あなたを想う人がいる。一方、不滅で、〈見ることができないもの〉を想う人がいる。これらの人の中で、どちらがヨーガを最も知る者なのか？

クリシュナ　アルジュナよ、私に心を捧げ、常に〈ヨーガの状態〉にあり、私を想い、私をひたむきに信仰する人が、ヨーガを最も知る者である。

一方、〈見ることができないもの〉を想う人もいる。〈見ることができないもの〉は、不滅で、永遠で、不動で、言葉で表現されず、一切に存在し、想像を超え、確かに存在するものである。そのような〈見ることができないもの〉を想う人であっても、感官のはたらきを抑え、どんなものも区別せず、全ての生き物のために喜ぶ人であれば、私のもとに来る。

生きている限り、〈見ることができないもの〉を想う人の苦しみは大きい。しかし、一切の行為を私に捧げ、私だけを考え、ヨーガによって私だけを想えば、私は、その人を輪廻の海からすぐに救い出す。

私だけを想い、私だけを考えれば、必ず、あなたは私の中に存在する。私に心を集中させることができないなら、ヨーガを繰り返し、私のもとに来るようにしなさい。ヨーガを繰り返すこともできないなら、私のために行為をしなさい。私のために行為をする者も、解脱できる。それをすることもできないなら、私のためにヨーガを行い、心のはたらきを抑え、どんな行為の結果にも執着しないようにしなさい。

ヨーガの反復よりも知識は優れ、知識よりも瞑想は優れ、瞑想よりも〈行為の結果に執着しないこと〉は優れている。行為の結果に執着しなければ、すぐに心の苦しみはなくなる。

どんな生き物も憎まず、優しさと哀れみがあり、所有欲がなく、慢心せず、苦と楽を区別せず、忍耐強く、いつも満足し、ヨーガを行い、心のはたらきを抑え、意志が強く、私を想い、私を考え、私をひたむきに信仰する人を私は愛する。

人々を恐れさせず、人々を恐れず、喜ぶこともなく、怒ることもなく、苦しむこともなく、私をひたむきに信仰する人を私は愛する。

期待を抱かず、純粋で、有能で、動じることがなく、悩みがなく、どんな活動もせず、私をひたむきに信仰する人を私は愛する。

喜ぶこともなく、人を憎むこともなく、悲しむこともなく、期待することもなく、善や悪に執着せず、私をひたむきに信仰する人を私は愛する。

敵と味方、尊敬と軽蔑、寒さと暑さ、楽と苦、非難と称讃を区別せず、執着がなく、寡黙で、どんなものにも満足し、安住せず、よく考え、私をひたむきに信仰する人を私は愛する。

しかし、以上の教えを理解し、信仰心があり、私を最高と考え、私をひたむきに信じる人を私は特に愛する。

第十三章〈大地〉と〈大地を知る者〉

この章で、クリシュナは〈大地〉と〈大地を知る者〉という特殊な言葉を使い、全ての植物と動物は両者の結合から生じると語る。〈大地〉とは身体の根源的原理であり、プラクリティとも呼ばれ、〈大地を知る者〉とはアートマンであり、プルシャとも呼ばれ、クリシュナ自身でもある。さらに、最高のブラフマンを〈知らなければならないもの〉や唯一者として説き、あわせてアートマンについても再説する。

クリシュナ　アルジュナよ、身体の根源的原理は〈大地〉と呼ばれ、それを知る者は〈大地を知る者〉と呼ばれる。私は、全ての〈大地〉にとって〈大地を知る者〉である。〈大地〉と〈大地を知る者〉を知ることこそが知性である。

〈大地〉とは何か？　どのようなものか？　どのように変化するのか？　どこから生じたのか？　そして、〈大地を知る者〉とは誰か？　どんな力があるのか？　それらを聞きなさい。

〈大地〉について、聖者たちは多くの讃歌をつくり、ウパニシャッドでは確かな根拠に基づいて説明された。〈大地〉は根源的原理であり、五大元素・自我器官・判断器官・十一の感官・五つの感官の対象・愛しさ・憎しみ・楽・苦・意識・意志の強さ・身体に変化する。

知性とは、謙遜・正直・生き物を殺さないこと・忍耐・誠実・師への奉仕・清浄・決意・心のはたらきを抑えること・感官の対象への無関心・自分に執着しないこと・生老病死の苦を考えること・子や妻や家などに執着しないこと・好きなことと嫌いなことに対して常に中立であること・ヨーガに集中して私をひたむきに信仰すること・独りで住むこと・人々の集まりを嫌うこと・アートマンに関する知識を持つこと・正しい知識の目的を考えることである。これらがなければ、知性はない。

〈知らなければならないもの〉を語ろう。それを知れば、人は不死になる。〈知らなければならないもの〉には、始まりがない。それは、最高のブラフマンであり、「存在する」とも「存在しない」とも言われない。それは、全ての方向に手と足と眼と頭と口と耳があり、全てに拡がり、世界に存在している。それは、感官で感じられそうでも、感官で感じることはできない。それは、何にも執着しないが、全てを支える。それは、世界を構成する要素を持たないが、それらの要素を自分のものとする。

それは、生き物の外と内に存在し、動かず、動き、微細で、知られず、遠くに存在し、近くに存在する。それは、分割されないが、生き物の中に分割されているように存在し、生き物を維持し、破壊し、創造する。それは、輝くものの輝きであり、暗闇の彼方(かなた)に存在し、知識であり、知られるものであり、知識によって理解されるものであり、全ての者の心に存在する。

以上、〈大地〉と知性と知識と〈知らなければならないもの〉が述べられた。このように理解し、私をひたむきに信じる者は、私のもとに来る。

プラクリティとプルシャに始まりはない。世界の構成要素と多様性は、プラクリティから生じる。プラクリティによって、結果と原因があり、行為する者がいる。

プルシャによって、苦や楽を経験する。プルシャはプラクリティの中にあって、プラクリティから生じる構成要素の活動を経験する。善い経験をすれば、善い胎に輪廻転生し、悪い経験をすれば、悪い胎に輪廻転生する。身体の中のプルシャは、傍観者・承認者・維持者・経験者・偉大な主・アートマンと言われる。プルシャとプラクリティと構成要素をこのように知れば、どんな人であっても、再び生まれることはない。

ある人は、瞑想によって、自分で自分自身の中にアートマンを見ることができる。他の人は、知識によって、自分で自分自身の中にアートマンを見ることができる。さらに、他の人は、行為の実践によって、自分で自分自身の中にアートマンを見ることができる。しかし、自分では自分自身の中にアートマンを見ることができない人は、他の人から聞いて、念想する。他の人の話をよく聞けば、死を超えることができる。

全ての植物と動物は〈大地〉と〈大地を知る者〉の結合から生じる。最高の主は、全ての生き物に等しく存在し、世界が消滅しても、消滅しない。このように知る人は、正しく知っている。このように知る人は、アートマンを自分自身で見失うことはなく、最高の境地に到達する。全ての行為はプラクリティによって行われ、アートマンは行為をしない。このように知る人は、正しく知っている。

生き物の多様性は、唯一者の中に存在し、唯一者から多様に展開する。このように知る人は、ブラフマンに到達する。

アートマンには始まりがない。アートマンには色と形がない。アートマンは滅びない。アートマンは、身体の中にあっても、行為をすることなく、行為の影響を受けることもない。あらゆる場所は空間の中にあるが、場所は空間に汚されない。同じように、アートマンは身体の中にあるが、身体に汚されることはない。

ひとつの太陽が全世界を照らすように、〈大地を知る者〉は全ての〈大地〉を照らす。

〈大地〉と〈大地を知る者〉のこのような区別を知り、「プラクリティと生き物は異なる」と知る人は、最高の境地に到達する。

第十四章　三つの要素

クリシュナは、前章でプラクリティについて述べたが、そのプラクリティからサットヴァ、ラジャス、タマスという三つの要素が生じると説く。サットヴァは楽と知識を、ラジャスは行為を、タマスは怠惰と眠気を生み出す要素である。いずれかの要素が他の要素よりも優勢になることで、認識や生まれや行為の結果などが異なり、その違いを三つの要素に基づいて説明する。そして、これらの要素だけが行為をするのであって、要素よりも優れたものを知り、要素に支配されないことの必要性を教える。

クリシュナ　アルジュナよ、さらに、最高の知識を説こう。それを知って、修行者はこの世界から最高の完成に達した。最高の知識を知って、私と同一になった者は、世界の創造の時にも生じず、世界の破滅の時にも滅びない。

私の胎はブラフマンであり、私はそこに種子を置く。そこから、全ての生き物が誕生する。胎の中で、生き物は形態を持つようになる。ブラフマンはその胎であり、私は種子を与える父である。

プラクリティから生じるサットヴァ、ラジャス、タマスという要素は、身体にアートマンを閉じ込める。

サットヴァは清浄で、輝きの原因で、健やかな要素である。そして、身体にアートマンを閉じ込め、楽と知識を生み出す。

ラジャスは激しく、欲望と執着の原因となる要素である。そして、身体にアートマンを閉じ込め、行為を生み出す。

タマスは無知の原因で、アートマンを迷わす要素である。そして、身体にアートマンを閉じ込め、怠慢と眠気を生み出す。

サットヴァは楽をもたらし、ラジャスは行為をもたらし、タマスは知識を覆って怠慢をもたらす。

ラジャスとタマスを抑え、サットヴァは優勢になり、サットヴァとタマスを抑え、ラジャスは優勢になり、サットヴァとラジャスを抑え、タマスは優勢になる。

正しい認識がある時は、サットヴァが優勢になっている。欲望や活動や行為や不安がある時は、ラジャスが優勢になっている。誤った認識や怠慢や迷いがある時は、タマスが優勢になっている。

サットヴァが優勢な時に死ねば、最も賢い人の清浄な胎に生まれる。ラジャスが優勢な時に死ねば、行為に執着する人の胎に生まれる。タマスが優勢な時に死ねば、愚かな人の胎に生まれる。

正しくなされた行為の結果は清浄で、サットヴァ的なものである。行為の結果が苦であるのは、ラジャス的なものであり、行為の結果が愚かであるのは、タマス的なものである。

サットヴァからは知識が生じ、ラジャスからは欲望が生じ、タマスからは怠慢と迷いと無知が生じる。

サットヴァの状態にある人は上方に行き、ラジャスの状態にある人は中間に行き、最悪の要素であるタマスの状態にある人は下方に行く。

「要素だけが行為をする」と考え、要素よりも優れたものを知れば、私に達する。身体を生み出すこれら三つの要素に支配されない人は、生老病死の苦しみから解放されて、不死を獲得する。

アルジュナ　クリシュナよ、どんな人が三つの要素に支配されないのか？　どんな行為をする人が三つの要素に支配されないのか？　どのようにすれば三つの要素に支配されないのか？

クリシュナ　アルジュナよ、要素に支配されない人は、知識や活動や迷いがある時に、それらを憎まず、それがない時に、それらを求めない。要素に支配されない人は、それらに無関心で、要素に動揺させられることがなく、「要素が原因である」と考え、動じない。要素に支配されない人は、苦と楽を区別せず、自分を失わず、土と石と金を区別せず、好き嫌いがなく、意志が強く、非難と称讃（しょうさん）を区別しない。要素に支配されない人は、尊敬と侮辱を区別せず、味方と敵を区別せず、どんな活動もしない。

ひたむきな信仰によって、私を崇拝する人は、これらの要素に支配されず、ブラフマンの状態を獲得する。何故なら、私は不死不変のブラフマンの基礎であり、永遠の教えの基礎であり、最高の楽の基礎だからである。

第十五章　最高のプルシャ

前章で述べた三つの要素で成長し、行為を生み出すものをアシュヴァッタの樹に喩え、無執着という斧で、その樹を切断するように、クリシュナはアルジュナに言う。そして、アートマンが再説され、〈最高のプルシャ〉を信仰することを説く。世界には〈消滅するプルシャ〉と〈消滅しないプルシャ〉があるが、〈最高のプルシャ〉は両者とは異なり、アートマンのことであり、クリシュナ自身でもある。

クリシュナ　アルジュナよ、上方に根があり、下方に枝があり、讃歌が葉であるアシュヴァッタの樹がある。その樹を知る者は、ヴェーダを知る者である。その樹は三つの要素によって成長し、枝は上方と下方に拡がり、根は下方に伸び、ものごとが芽である。そして、その樹は、人間の世界で行為を生み出す。人間の世界で、その樹はこのような形では知られていない。その樹には終わりも始まりもなく、基盤もない。アルジュナよ、無執着という斧で、強く根を張ったその樹を切断しなさい。

そして、最初の活動の原因である最高のプルシャを信仰し、再び戻ることがない永遠の境地を求めなさい。

慢心や迷いや執着や欲望がなく、アートマンをいつも想い、楽や苦などの対立する見方を離れた人は、迷いがなく、不滅の境地を獲得する。太陽も月も火もその境地を照らさない。再び戻ることがない永遠の境地とは、私がいる場所のことである。

私は、生き物のアートマンとなり、感官を導く。アートマンが身体を獲得する時、アートマンは感官を連れて行く。一方、アートマンが身体から離れる時、風が花から香りを連れ去るように、アートマンは身体から感官を連れ去る。アートマンは、耳・眼・皮膚・舌・鼻・心という感官を使って、対象を感じる。

愚かな者は、アートマンが身体から離れることを知らない。アートマンが身体に一時的にとどまっていることを知らない。アートマンが対象を感じることを知らない。しかし、賢い者は知っている。

努力して、ヨーガをする人は、自分自身の中にアートマンを見る。努力して、ヨーガをしても、心のはたらきを抑えず、集中しない人は、アートマンを見ない。

全世界を照らす太陽と月と火の輝きは、私の輝きである。私は大地の中に入り、力によって生き物を支える。私は水となって、全ての植物を養う。私は熱となって、生き物の身体に入り、吐く息と吸う息を使い、食べ物を消化する。

私が全ての人の心に入ることで、人は記憶し、認識し、判断することができる。

全てのヴェーダが知ろうとしたのは私である。私は、ウパニシャッドの作者であり、ヴェーダを知る者である。

世界には、〈消滅するプルシャ〉と〈消滅しないプルシャ〉の二つが存在する。〈消滅するプルシャ〉とは全ての生き物のことである。〈消滅しないプルシャ〉とは不動の存在者のことである。

これらの他に〈最高のプルシャ〉が存在し、アートマンと呼ばれる。それは、変化しない支配者であり、全世界に入り、全世界を支える。

私は〈消滅するプルシャ〉と〈消滅しないプルシャ〉よりも優れている。そして、人々の間でも、聖典の中でも、〈最高のプルシャ〉として知られている。私を「このような〈最高のプルシャ〉である」と知る人は、全てを知る者であり、全てを私に捧(ささ)げ、私をひたむきに信仰する。

以上、私は最高の秘密の教えを説いた。それを知れば、賢い者となり、目的を達した者となる。

第十六章　〈神のような人間〉と〈悪魔のような人間〉

第九章で、クリシュナは〈神のような人間〉と〈悪魔のような人間〉に言及したが、この章では、その特徴を具体的に細かく述べる。〈神のような人間〉は解脱するが、〈悪魔のような人間〉は輪廻（りんね）する。クリシュナは、アルジュナは〈神のような人間〉であることを告げる。そして、最後に、欲望と怒りと貪欲（どんよく）は自分を破滅させる地獄の三つの門であり、それらをなくし、聖典の規定に従って、行為をすることを教える。

クリシュナ　アルジュナよ、恐れないこと・心が清らかなこと・知識を求めること・布施をすること・自制すること・祭式を行うこと・ヴェーダを学ぶこと・修行すること・誠実であること・生き物を殺さないこと・真実を語ること・怒らないこと・執着しないこと・心が穏やかであること・悪口を言わないこと・生き物に優しくすること・貪欲でないこと・温和であること・恥を知っていること・冷静であること・輝いていること・忍耐強いこと・意志が強いこと・清浄であること・敵意がないこと・慢心がないこと、以上は、〈神のような人間〉の特徴である。

騙(だま)すこと・自分勝手であること・高慢であること・怒ること・乱暴であること、以上は、〈悪魔のような人間〉の特徴である。

〈神のような人間〉は解脱し、〈悪魔のような人間〉は輪廻する。アルジュナよ、あなたは〈神のような人間〉である。悲しむ必要はない。

この世界には、〈神のような人間〉と〈悪魔のような人間〉がいる。〈神のような人間〉については、すでに述べた。〈悪魔のような人間〉の他の特徴を聞きなさい。

〈悪魔のような人間〉は、正しい行為をせず、悪い行為をやめない。清浄さがなく、真実を語らない。〈悪魔のような人間〉によれば、世界には真実も基盤も神も存在せず、世界は法則によって生じたものではなく、欲望によって生じたものである。〈悪魔のような人間〉は、このような考えを抱き、自分を破滅に導き、愚かで、恐ろしい行為をする。そして、害をもたらし、世界を滅ぼす。

〈悪魔のような人間〉の欲望は限りなく、人を騙し、高慢で、自分勝手である。愚かであるために、悪い考えを抱き、不浄な生活をしている。死をもたらす恐ろしい考えにふけり、欲望を叶(かな)えることだけを考え、「これが全てだ」と思い込む。無駄な期待を抱き、欲が深く、怒りやすく、欲望を叶えるために、不正な方法によって、財産を増やそうとする。

〈悪魔のような人間〉は、愚かであるから、次のように言う。「私はこれを手に入れた」、「私はこの願いを叶える」、「この財産は私のものだ」、「あの財産も私のものにしよう」、「私は敵を倒した」、「他の敵も倒そう」、「私は神である」、「私は恵みを受ける」、「私は成功した者である」、「私には力がある」、「私は幸福である」、「私は金持ちである」、「私は生まれがよい」、「私と等しい者はいない」、

「私は祭式をする」、「私は布施をする」、「私は楽しむ」と。

このように、〈悪魔のような人間〉は、惑わされ、迷いの網にかかり、欲望に執着し、不浄な地獄に堕ちる。自惚れ、頑固で、財産を自慢する。

〈悪魔のような人間〉が行う祭式は、名前だけの祭式で、偽善的で、規定に従っていない。彼らは、自尊心が強く、暴力的で、傲慢で、欲が深く、怒りやすい。

私は〈悪魔のような人間〉の中にも存在しているのに、私を恨み、嫉妬する。

〈悪魔のような人間〉には、憎しみと恐ろしさがある。最も卑しく、不浄である。

〈悪魔のような人間〉が輪廻転生する時、常に、私は〈悪魔のような人間〉の胎に投げ込む。彼らは〈悪魔のような人間〉の胎に入り、生まれ変わる度に迷い、私を獲得することができずに、最も卑しい状態に行く。

欲望と怒りと貪欲は、自分を破滅させる地獄の三つの門である。従って、それを壊す必要がある。これら三つの門を壊せば、自分のために、より善いことを行うようになり、最高の状態に行く。

聖典の規定に従わず、欲望のままに生きる人は、完成に達しないし、幸福にもなれない。最高の状態にも達しない。善悪を決定するのは、聖典である。従って、アルジュナよ、聖典の規定に従って、行為をしなさい。

第十七章　三種類の信仰

聖典の規定に従って、行為をすることを教えられたアルジュナは、信仰があっても、聖典の規定を無視して行われた場合、どんな信仰であるかをクリシュナに問う。クリシュナは、三つの要素の違いによって、三種類の信仰を説明する。さらに、食べ物、祭式、修行、布施についても、三つの要素の違いによって、それぞれが三種類になることを説明する。最後には、ブラフマンを示す三つの語に言及し、説明する。

アルジュナ　クリシュナよ、信仰があっても、聖典の規定を無視して祭式を行う人は、どんな信仰に基づいているのか？　サットヴァ的な信仰か、ラジャス的な信仰か、タマス的な信仰か？

クリシュナ　アルジュナよ、信仰は人の本性から生じるもので、サットヴァ的な信仰、ラジャス的な信仰、タマス的な信仰の三種類がある。信仰はその人の本性に従う。人は信仰によって生きる。ある信仰を抱けば、人はその信仰に応じた人になる。

サットヴァ的な人は神を信仰し、ラジャス的な人は悪魔を信仰し、タマス的な人は亡霊を信仰する。

悪魔的な考えを持つ人は、聖典に規定されていない恐ろしい修行を行い、偽善的で、自惚(うぬぼ)れが強く、欲が深く、怒りやすく、暴力的で、思慮が浅く、身体を悩まし、身体の中に存在する私も悩ます。

それぞれの人が好む食べ物、祭式、修行、布施も三種類である。それらの区別を聞きなさい。

サットヴァ的な人が好む食べ物は、生命・勇気・力・健康・幸福・喜びを増大し、水分があり、柔らかく、適度に固く、味のいい食べ物である。ラジャス的な人が好む食べ物は、苦しみ・憂い・病気をもたらし、匂いが強く、酸味があり、塩辛く、熱く、刺激性があり、水分がなく、焦げた食べ物である。タマス的な人が好む食べ物は、古く、味がなく、腐り、新鮮でなく、食べ残された不浄な食べ物である。

サットヴァ的な祭式は、果報を望まず、規定に従い、「祭式をする必要がある」とだけ考えて、行われる祭式である。ラジャス的な祭式は、果報を望み、偽善的に行われる祭式である。タマス的な祭式は、規定に従わず、食べ物が配られず、マントラを唱えず、布施をせず、信仰もなく行われる祭式である。

修行には、身体の修行、言葉の修行、心の修行の三種類がある。身体の修行は、神々やバラモンや師や賢い者の崇拝・清浄な行い・正しい行い・禁欲・生き物を殺さないことである。言葉の修行は、不安にさせない言葉を語ること・真実を語ること・好ましい言葉を語ること・ヴェーダを繰り返し唱えることである。心の修行は、心の平静を保つこと・温和であること・沈黙を守ること・心のはたらきを抑えること・心を清らかにすることである。

サットヴァ的な修行は、果報を望まず、心を集中し、最高の信仰によって行われる修行である。ラジャス的な修行は、称讃（しょうさん）されること・尊敬されること・崇拝されることを目的とし、偽善的で、いい加減で、根拠なしに行われる修行である。タマス的な修行は、愚かな考えに基づき、自分を苦しめ、他人を滅ぼすために行われる修行である。

サットヴァ的な布施は、見返りを期待せず、「与える必要がある」と考え、適切な場所と時間に、適切な相手に与えられる布施である。ラジャス的な布施は、見返りを期待し、果報を目的にして、いやいやながら与えられる布施である。タマス的な布施は、不適切な場所と時間に、相手に敬意を払わず、軽蔑（けいべつ）して与えられる布施である。

「オーム」、「タット」、「サット」は、ブラフマンを示す三つの語である。

バラモンとヴェーダと祭式は、ブラフマンによって創造された。従って、ブラフマンを説く人は、「オーム」と唱えてから、祭式と布施と修行を行う。

解脱を求める者は、「タット」と唱えてから、果報を期待することなく、祭式と布施と修行を行う。

「サット」には、実在や善や正という意味があり、称讃される行為にも使用される。正しい祭式も、正しい布施も、正しい修行も、「サット」と言われる。そして、それらを目的にした行為も「サット」と言われる。信仰がなく行われた祭式と布施と修行は、「サット」とは言われない。そのような祭式等をしても、死後にも、生きている間にも、果報は何も得られない。

第十八章　〈行為を超えること〉

クリシュナは、願いを叶（かな）えるための行為をしないことを〈行為をしないこと〉、行為の結果を気にしないことを〈行為を超えること〉と説明し、執着せず、結果を期待せずに、行為をするという最終的な考えを述べる。三つの要素の違いによって、〈行為を超えること〉を分類し、認識や義務なども三つの要素の違いによって、説明する。そして、全ての行為をクリシュナに委（ゆだ）ね、戦うことを教える。さらに、ひたむきに信じる者は、クリシュナに到達し、最も愛（いと）おしいと語る。教えを聞いて、アルジュナは迷いも疑いもなくなり、教えられたことを実行することをクリシュナに告げる。

アルジュナ　クリシュナよ、私は〈行為をしないこと〉と〈行為を超えること〉について、正しく知りたい。

クリシュナ　アルジュナよ、聖者たちは、願いを叶えるための行為をしないことを〈行為をしないこと〉と言い、賢い者たちは、あらゆる行為の結果を気にしないことを〈行為を超えること〉と言う。

ある賢い者たちは「行為には悪いこともあるから、行為をしてはならない」と言い、他の賢い者たちは「祭式や布施や修行という行為はしてもよい」と言う。

まず、〈行為を超えること〉について、私の考えを聞きなさい。〈行為を超えること〉は三種類である。

祭式や布施や修行という行為はしてもよいというだけでなく、する必要がある。これらの行為は、賢い者たちの心を浄化する。しかし、これらの行為は、執着せず、結果を期待せずに、行う必要がある。これが私の最終的な考えである。

愚かさから、義務として定められた行為をしないことは、間違いで、タマス的な〈行為を超えること〉である。身体の苦痛を恐れ、「苦しい」と考えて、行為をしないことは、ラジャス的な〈行為を超えること〉の結果は得られない。「行う必要がある」と考え、執着せず、結果を期待せず、義務として定められた行為をすることは、サットヴァ的な〈行為を超えること〉である。

サットヴァが優勢で、賢く、疑いを抱かずに、嫌いな行為を憎まず、好ましい行為に執着しない人は〈行為をしない人〉である。身体がある限り、何の行為もしないことはできないから、行為の結果を気にしない人が〈行為を超えた人〉である。〈行為を超えた人〉は、どこにも輪廻転生しないが、そうでない人は、死んだ後、神や人間や地獄の世界に輪廻転生する。

どんな行為であっても、行為のためには、身体・行為する者・感官・活動・神の力の五つが必要である。身体や言葉や心で行う善悪の行為は、これら五つによって行われる。

そうであるのに、「アートマンだけが行為をする」と考える者は、愚かで、間違っている。自分のことだけを考えるのでなく、心が清らかな人は、殺しても、殺したことにはならないし、結果に影響されることもない。

行為をしようとするためには、ものごとを認識する必要があり、認識するためには、認識の対象があり、認識する者が必要である。そして、実際に行為をするためには、身体があり、行為の内容があり、行為する者が必要である。要素の理論では、要素の区別によって、認識、行為の内容、行為する者は三種類である。

全ての生き物の中に〈唯一で不変なもの〉を認識し、異なるものの中に、異ならないものを認識するのは、サットヴァ的な認識である。全ての生き物の中に、それぞれの多様性を認識するのは、ラジャス的な認識である。根拠もなく、ひとつの対象を全てであるかのように認識するのは、誤った認識であり、タマス的な認識である。

執着と愛しさと憎しみがなく、結果を期待せずに、定められた義務が行われた場合、その義務はサットヴァ的な行為の内容である。結果を求め、自分だけのために、非常に苦労して、行為が行われた場合、それはラジャス的な行為の内容である。行為の影響を考えず、行為によって失われるものも考えず、行為が誰かを傷つけることも考えず、行為をする自分の能力も考えず、愚かな人によって、行為が行われた場合、それはタマス的な行為の内容である。

執着がなく、自分のことを考えず、意志が強く、勇気があり、成功と失敗を気にしない者は、サットヴァ的な行為する者である。行為の結果を期待し、欲が深く、暴力的で、不浄で、喜怒哀楽がある者は、ラジャス的な行為する者である。集中力がなく、品位がなく、尊大で、悪意を抱き、不正直で、怠慢で、無気力で、何をやっても時間がかかる者は、タマス的な行為をする者である。

判断も三種類である。行為の開始と停止、義務と禁止、危険と安全、束縛と解脱を正しく判断するのは、サットヴァ的な判断である。善と悪、義務と禁止を間違って判断するのは、ラジャス的な判断である。悪を善であるというように、全てのことを反対に判断するのは、タマス的な判断である。

意志も三種類である。ヨーガによって強くなった意志によって、心と呼吸と感官のはたらきを抑えるのは、サットヴァ的な意志である。結果を期待し、執着して、善・愛・富という人生の目的を求める意志は、ラジャス的な意志である。眠気・恐怖・悲しさ・嘆き・酔いを抑えられない意志は、タマス的な意志である。

幸福も三種類である。繰り返しの学習による満足感があり、苦しみがなく、最初は毒のようでも、最後は甘露のようで、アートマンを知ることで生じる幸福は、サットヴァ的な幸福である。感官で感じ、最初は甘露のようでも、最後は毒のような幸福は、ラジャス的な幸福である。最初も最後も毒のようで、自分を迷わせ、睡眠・怠慢から生じる幸福は、タマス的な幸福である。

地上の生き物も天界の神々も、プラクリティから生じるサットヴァ、ラジャス、タマスという要素から免れない。

バラモン、クシャトリヤ、ヴァイシャ、シュードラの義務は、それぞれの本性に優勢な要素によって、配分された。平静・抑制・修行・清浄・忍耐・正直・教授・信仰は、バラモンの本性から生じる義務である。勇気・力・意志の強さ・勤勉・戦場から逃走しないこと・布施・統治は、クシャトリヤの本性から生じる義務である。農業・牧畜・商業は、ヴァイシャの本性から生じる義務である。奉仕はシュードラの本性から生じる義務である。

自らの義務に満足する者は、完成に達する。自らの義務に満足する者がどのように完成に達するのか、それを聞きなさい。

自らの義務を行うことによって、生き物の活動の原因、全てに遍在している者を崇拝すれば、人は完成に達する。自らの義務を行うことは、正しく行えなくても、他人の義務を正しく行うことよりも優れている。自分自身に定められた義務を行う者に罪悪は生じない。生まれによって定められた義務が不条理であっても、その義務を否定してはならない。火が煙に覆われているように、どんなことも不条理に覆われている。何にも執着せず、心のはたらきを抑え、欲望をなくせば、行為をしても、〈行為をしないこと〉になり、〈行為を克服した状態〉である最高の完成に達する。

完成に達した人がどのようにブラフマンに達するのか、それを聞きなさい。それは最高の知識である。

正しく判断できる人は、意志によって心のはたらきを抑え、色や音等の対象を認識せず、愛しさや憎しみを抱かず、人のいない場所に住み、少ない食べ物を食べ、一言も話さず、身体を動かさず、何も考えず、常に瞑想に集中し、世間の欲望から離れ、自尊心・暴力・傲慢・欲望・怒り・所有欲がなくなり、「自分」という思いがなくなり、心が落ち着き、ブラフマンに到達する。

ブラフマンに到達し、心が落ち着いた人は、何にも悲しまず、何も求めない。どんな生き物も区別せず、私をひたむきに信じる。私をひたむきに信じることで、私の偉大さと真実を正しく知り、その直後に、私に達する。私をひたむきに信じる人は、どんな行為をしていても、私の恩恵によって、〈永遠で不変の状態〉に達する。

アルジュナよ、あなたは私だけを想い、全ての行為を私に委ね、心のはたらきを抑え、常に私のことを考えなさい。私のことを考えていれば、私の恩恵によって、どんな苦しみもなくなる。

自分のことだけを考え、私の教えを聞かないなら、あなたは滅びてしまう。自分のことだけを考え、「私は戦わない」と思っても、その決意は無駄である。あなたの本性があなたを戦わせることになるだろう。あなたは、本性に定められた義務から逃げることはできない。愚かさから、「その義務を果たしたくない」と思っても、その思いに反し、義務を果たすだろう。

神は、全ての生き物の心の中にあって、舞台の人形を動かすように、神秘的な力によって、全ての生き物を動かしている。全てを捧(ささ)げ、神に救いを求めなさい。神の恩恵によって、あなたは最高の安らぎである永遠の状態に達する。

以上、私は、秘密である教えを述べた。よく考えて、あなたが望むことをしなさい。

さらに、最高の秘密である教えを聞きなさい。あなたはとても愛しいから、あなたのためにその教えを説こう。

私を想いなさい。私をひたむきに信じなさい。私のために祭式をしなさい。私に全てを捧げなさい。「あなたは必ず私に達する」と約束する。あなたは私にとって愛しい。どんな行為にも執着せず、私だけに救いを求めなさい。私は、あなたを全ての罪悪から解放する。悲しむ必要はない。

あなたは、修行をしない者にこの教えを決して言ってはならない。ひたむきな信仰を持たない者にも、聞こうとしない者にも、私を批判する者にも言ってはならない。

私をひたむきに信じる者が、私をひたむきに信じる者たちに、この最高の秘密の教えを説くのであれば、その者は必ず私に達する。人々の中で、私をひたむきに信じる者が最も愛しい。この地上で、私をひたむきに信仰する者が最も愛しい。

私とあなたの間で交わされたこの真理の会話を学ぶ者は、知識という祭式によって、私のために祭式をしたことになる。信仰があり、嫉妬心がない人は、この真理の会話を聞くだけでも、罪悪から解放される。そして、善い行いをする人の清浄な世界に生まれる。

アルジュナよ、心を集中して、私の教えを聞いただろうか？　正しい知識を知らなかったから、あなたは迷っていた。もう迷いはなくなっただろうか？

アルジュナ　クリシュナよ、あなたのおかげで、私は気づき、何の迷いも疑いもなくなった。あなたの教えを実行しよう。

サンジャヤ　ドリタラーシュトラ王よ、以上のように、私はクリシュナとアルジュナの会話を聞きました。二人のこの会話は、決して他では聞くことはできません。私は深く心を打たれました。

ヨーガの主であるクリシュナから、直接、私はこの最高の秘密の教えを聞くことができました。クリシュナとアルジュナの素晴らしい会話を思い出すたびに、私は繰り返し喜びを感じます。そして、見たことがないヴィシュヌ神の姿を思い出すたびに、私は驚き、繰り返し喜びを感じます。

クリシュナとアルジュナがいるところには、幸福、勝利、繁栄、正しい統治があります。

キーワード

ア　行

〝a〟　サンスクリット語音韻表の最初の音。日本語の五十音はサンスクリット語の音韻表に基づくと言われる。

アーディティヤ神群　太陽に関係する神のグループ。アーディティヤとは、聖者カシュヤパとアディティの間に生まれた子供たちで、十二の神がいる。一方、聖者カシュヤパとディティの間に生まれた子供たちは「ダイティヤ」と呼ばれ、悪魔の一種になる。

アートマン　インド思想において、最も重要な概念のひとつ。もともとは「呼吸」を意味し、そこから「生命の原理」となり、人間の原理・本質を意味し、全ての本質を意味するようにもなった。人間にとっては、身体や心とも異なる魂のようなものであるが、決して魂と同じではない。アートマンは『バガヴァッド・ギーター』でさまざまに説明され、主要なテーマのひとつになっている。漢訳は我。

アイラーヴァタ　インドラ神の乗り物である象の名前。京都の東寺（とうじ）にある帝釈天（たいしゃくてん）（インドラ神）は象に乗っている。

アグニ神　火を起源とする神。自然界の火だけでなく、祭式で用いられる祭火も含む。漢訳は火天（かてん）。

悪魔　明確に区別されないこともあるが、アスラ、ラクシャス、ダイティヤの三種類に分ける場合もある。アスラは神々と戦う悪魔、ラクシャスは人間と戦う悪魔、ダイティヤは聖者カシュヤパとディティの間に生まれた子供たちである。

アシタ　聖者の名前。デーヴァラの父と説明されることもある。

アシュヴァッターマン　ドローナの長男。

アシュヴァッタの樹　インド菩提樹（ぼだいじゅ）のこと。

アシュヴィン双神　双子の神。アシュヴィンは馬に関係した語であるが、アシュヴィン双神は昼と夜、太陽と月などとされる。

アスラ　悪魔の一種で、神々と戦う。漢訳は阿修羅（あしゅら）。

アナンタ　いくつもの頭をもつコブラの名前。ヴィシュヌ神の頭上に描かれることが多く、海に浮かぶアナンタの上で横になっているヴィシュヌ神の絵図も多い。

アビマニユ　アルジュナとスバドラーの子供。スバドラーはクリシュナの妹。

アリヤマン　太陽神とされることが多いが、ヤマやソーマとともに祖霊とされることもある。

アルジュナ　パーンドゥとクンティーの三男。クリシュナを御者として戦う。

イクシュヴァーク　人間の祖であるマヌの子供。

五つの感官の対象　眼の対象である色、耳の対象である音、鼻の対象である匂い、舌の対象である味、皮膚の対象である感触。

インドラ神　『リグ・ヴェーダ』の中で、最も代表的な神。雷を起源とするが、「神々の王」と呼ばれ、戦う神として悪魔を殺す。漢訳は帝釈天。

ヴァースキ　海を攪拌（かくはん）して不死の飲料を獲得する神話の中で、攪拌棒である山に巻きつけられた蛇の名前。

ヴァーユ神　風を起源とする神。漢訳は風天（ふうてん）。

ヴァイシャ　身分制度であるカーストの上から三番目の一般庶民。農業や商業などを義務とする。

ヴァジュラ　インドラ神がもつ武器。漢訳は金剛杵（こんごうしょ）。

ヴァス神群　大地や風や水など自然界の要素を起源とする神のグループ。八の神がいる。

ヴァルナ神　水を起源とするが、『リグ・ヴェーダ』では規則や秩序を守り、それを破った者を裁く神。漢訳は水天（すいてん）。

ヴィヴァスヴァット　『リグ・ヴェーダ』では太陽神スーリヤの別名。

ヴィカルナ　ドリタラーシュトラの子供。

ヴィシュヌ神　太陽の光を起源とする神。ブラフマー神、シヴァ神とともに、ヒンドゥー教では三大神となり、世界維持の役割を担う。化身となって人間の世界に現われるとされ、クリシュナは八番目の化身。

ヴィヤーサ　『マハーバーラタ』の伝説的な作者。ヴィヤーサはガネーシャ神に『マハーバーラタ』を筆記させた。

ヴィラータ　マツヤ国の王。マツヤ国はクル国の南西にあったとされ、現在のラージャスターン州の一角。

ヴェーダ　紀元前一二〇〇年頃から前五〇〇年頃にかけて編纂（へんさん）された聖典の総称。広い意味でヴェーダという場合は、サンヒター、ブラーフマナ、アーラニヤカ、ウパニシャッドの四つを示し、狭い意味の場合は、サンヒターだけを示し、『リグ・ヴェーダ』、『サーマ・ヴェーダ』、『ヤジュル・ヴェーダ』、『アタルヴァ・ヴェーダ』の四つになる。それらの内容はほとんどが神々と祭式に関するものだが、ウパニシャッドには哲学的内容も含まれている。

ウシャナス　ヴェーダに登場する詩人。

ウッタマウジャス　パーンチャーラ国の戦士。ユダーマニユの兄弟。

ウッチャイヒシュラヴァス　海を攪拌して不死の飲料を獲得する神話の中で、海から生じた馬の名前。

ウパニシャッド　紀元前八〇〇年頃から前五〇〇年頃にかけて編纂された一群の聖典で、広い意味でのヴェーダのひとつ。神々や祭式に関する内容は少なくなり、哲学的な内容が多くなる。ブラフマンとアートマンもウパニシャッドにおいて、主要なテーマとなった。

ヴリシュニ族　北西インドを基盤としていたヤーダヴァ族のひとつ。

オーム　聖なる音。サンスクリット語の〝a〟と〝u〟と〝m〟という三音の合成で、それぞれがブラフマー神、ヴィシュヌ神、シヴァ神の三大神を示すとも解釈される。

カ　行

カーシー国　クル国の東南にあったとされ、現在のウッタルプラデーシュ州のヴァーラーナシーを中心とする地域。現在でもヴァーラーナシーはカーシーと呼ばれることがある。

カースト　バラモン（宗教的指導者）、クシャトリヤ（王族）、ヴァイシャ（庶民）、シュードラ（奉仕者）からなる身分制度の名前。

カーマ神　愛の神。

カーマデーヌ　願ったものを何でも与えてくれる牛。漢訳は如意牛。

ガーヤトリー　八音節三句からなる韻律名。最も有名な呪文は「ガーヤトリー・マントラ」と呼ばれ、ガーヤトリー女神はこの韻律を起源とする。

カウラヴァ軍　ドリタラーシュトラの長男のドゥルヨーダナを中心とする軍。

ガルダ　ヴィシュヌ神の乗り物である鳥の名前。漢訳は迦楼羅。

カルナ　身分が低い御者係の子供として育てられたが、実際はクンティーの長男で、パーンドゥの子供たちとは異父兄弟。ドゥルヨーダナによって、アンガ国の王に任命される。戦いが始まる前に、パーンドゥの子供たちとは異父兄弟であることを知るが、ドゥルヨーダナへの恩義から、戦いではカウラヴァ軍につく。アンガ国はクル国の東南にあったとされ、現在のビハール州の一角。

ガンダルヴァ　半神の一種で、音楽師とされることもある。漢訳は乾闥婆。

クシャトリヤ　身分制度であるカーストの上から二番目の王族。国の防衛と戦いを義務とする。

クベーラ神　財宝の神。異名のヴァイシュラヴァナが漢訳されて、毘沙門天（多聞天）となる。

クリシュナ　ヴィシュヌ神の八番目の化身で、ラーマとともにヒンドゥー教で最も崇拝されている神。戦いでは、戦士としてではなく、アルジュナの御者として、パーンダヴァ軍につく。

クリパ　アシュヴァッターマンの母方の伯父。ドリタラーシュトラとパーンドゥの子供たちに弓術等を教えた。戦いではカウラヴァ軍につく。

クル国　現在のハリヤーナー州にあったとされる国。この国の王位継承をめぐって戦いが始められる。戦場はクルクシェートラという地名で現在も残っている。

クンティボージャ　パーンドゥと結婚したクンティーの養父。

解脱　人生の最高の目的。苦しみがなくなった状態を示すが、輪廻して生まれ変わることが苦しみと考えられるため、生まれ変わらないことが解脱になる。神の世界に生まれ変わることは解脱ではない。

五大元素　地・水・火・風・空の五つ。

サーディヤ神群　天と地の間に住む神のグループ。

『サーマ・ヴェーダ』　神々への讃歌(さんか)をまとめた『リグ・ヴェーダ』は歌のように唱えられるが、その唱える方法をまとめたもの。インド音楽の起源とされる。

サット　実在や善や正や真理を意味するサンスクリット語。

サットヴァ　アートマン以外の全てを構成する三つの要素の中のひとつ。『バガヴァッド・ギーター』では楽と知識を生み出すものと説明されている。

サハデーヴァ　パーンドゥとマードリーの子。ナクラとは双子。

サンジャヤ　ドリタラーシュトラの従者。『バガヴァッド・ギーター』は、目が見えないドリタラーシュトラに対して、サンジャヤが状況を報告するかたちで進む。

シヴァ神　暴風を起源とするルドラ神と同一視されるが、ヨーガ行者や舞踏の王（ナタラージャ）などの多様な面を持つ。ブラフマー神、ヴィシュヌ神とともに、ヒンドゥー教では三大神となり、世界破壊の役割を担う。ガネーシャ神とスカンダ神はシヴァ神の子供。異名のマハーカーラの漢訳は大黒天(だいこくてん)。

シカンディン　パーンチャーラ国の王ドルパダの次男で、ドリシュタデュムナの弟、ドラウパディーの兄。パーンドゥの子供たちの義兄になる。もともとはシカンディニーという女性だったが、神の恩恵によって男性のシカンディンになった。

シッダ　半神の一種。

シビ国　クル国の西にあったとされる国。現在のパンジャーブ州の一角。

ジャナカ王　ウパニシャッドに登場する王。バラモンたちと討論したことが伝えられている。

ジャヤッドラタ　クル国の西にあったとされるシンドゥ国の王で、ドリタラーシュトラの一人娘と結婚。シンドゥ国は現在のパキスタンの一角。

十一の感官　眼・耳・鼻・舌・皮膚の五つ、手・足・喉(のど)・生殖器官・排泄(はいせつ)器官の五つ、そして心。

シュードラ　身分制度であるカーストの最下位の身分。上位の三階級への奉仕を義務とする。

女性名詞　サンスクリット語の名詞の性のひとつ。サンスクリット語には、男性名詞、女性名詞、中性名詞の三種類がある。

スカンダ神　シヴァ神の子供で、ガネーシャ神の兄弟。軍神で、南インドで信仰されることが多く、カールッティケーヤと呼ばれることもあり、マレーシアなどではムルガンと呼ばれている。漢訳は韋駄天。

タ　行

タット　中性の代名詞「それ」を意味するサンスクリット語。中性名詞であるブラフマンを示すこともある。

タマス　アートマン以外の全てを構成する三つの要素の中のひとつ。『バガヴァッド・ギーター』では怠慢と眠気を生み出すものと説明されている。

チェーキターナ　ヴリシュニ族の戦士。

デーヴァアラ　聖者の名前で、アシタの子と説明されることがある。

ドゥルヨーダナ　ドリタラーシュトラの長男で、カウラヴァ軍の中心。王位継承を望んでいたが、ユディシュティラに王位が継承されることになり、それを不服として、戦いを始めた。

ドラウパディー　パーンチャーラ国の王ドルパダの長女。パーンドゥの三男アルジュナと結婚するが、後にパーンドゥの五人の子供の妻となった。

ドリシュタケートゥ　ドリシュタデュムナの子供。

ドリシュタデュムナ　パーンダヴァ軍の指揮官。パーンチャーラ国の王ドルパダの長男で、シカンディンとドラウパディーの兄。パーンドゥの子供たちの義兄。

ドリタラーシュトラ　クル国の王位継承者でありながら、目が見えないため、弟のパーンドゥが王位を継承するが、パーンドゥが夭逝したため、パーンドゥの五人の子供たちを引き取り、仮の王位に就く。ドリタラーシュトラには長男のドゥルヨーダナを始め百人の息子と一人の娘がいる。

ドルパダ　パーンチャーラ国の王。パーンチャーラ国はクル国の東南にあったとされ、現在のウッタルプラデーシュ州の一角。ドリシュタデュムナ、シカンディン、ドラウパディーの父。

ドローナ　ドリタラーシュトラの子供たち、パーンドゥの子供たち、ドルパダの長男ドリシュタデュムナなどに弓術等を教えた師。アシュヴァッターマンの父。戦いではカウラヴァ軍の側につく。

ナ　行

ナーラダ　代表的な聖者で、多くの神話に登場し、聖者の王と呼ばれることもある。特に、ヴィシュヌ神の熱心な信者として描かれることが多い。ヴィーナーという弦楽器とカルタールというカスタネットのような打楽器を持つ。

ナクラ　パーンドゥとマードリーの子。サハデーヴァとは双子。

七大聖者　異説はあるが、ブリグ、ヴァシシュタ、アンギラス、アトゥリ、プラストゥヤ、プラハ、クラトゥの七人。それぞれが北斗七星に配置されることもある。

ハ　行

パーンダヴァ軍　ドリタラーシュトラの弟パーンドゥの五人の子供たちを中心とする軍。王位継承をめぐる戦いは十八日間の戦いの末、パーンダヴァ軍が勝利する。

バラモン　身分制度であるカーストの最上位の宗教的指導者、祭官。祭式の執行や聖典の教授を義務とする。

ビーシュマ　クル国のシャーンタヌ王の子供で、ドリタラーシュトラとパーンドゥの伯父。第一の王位継承者であったが、継承権を放棄した。パーンドゥの子供たちに愛情を注ぎ、子供たちも慕っていたが、戦いではカウラヴァ軍の指揮官になる。

ビーマ　パーンドゥとクンティーの次男。

ブーリシュラヴァス　ビーシュマの従兄弟（いとこ）であるソーマダッタの子供。

プラクリティ　アートマン以外の全ての根源的原理。『バガヴァッド・ギーター』では〈大地〉とも呼ばれている。

プラジャーパティ　語義は「生き物の主」、ブラフマー神と同一視されることもある。

ブラフマー神　世界の根源的原理であるブラフマンを起源とする神。ヴィシュヌ神、シヴァ神とともに、ヒンドゥー教では、三大神となり、世界創造の役割を担う。漢訳は梵天（ぼんてん）。

ブラフマン　アートマンとともに、インド思想の最も重要な概念のひとつ。世界の根源的原理であり、自然現象や自然界の構成要素などを起源とする神とは異なり、神を超えた抽象的な原理。ウパニシャッドでは、アートマンと同一であるとされる。本来は、ブラフマンが主で、神は従であるが、『バガヴァッド・ギーター』では、主従が逆転し、クリシュナと同一視され、クリシュナがブラフマンの基礎とされることもある。漢訳は梵。

プラフラーダ　聖者カシュヤパとディティの間に生まれたヒラニヤカシプの子供。聖者カシュヤパとディティの間に生まれた「ダイティヤ」と呼ばれる悪魔の一種であるが、ヴィシュヌ神の熱心な信者であった。

ブリハスパティ　「祈りの主」という意味で、『リグ・ヴェーダ』では神とされたが、後には祭式を行う祭官の代表となった。

プルジット　クンティボージャの兄弟。

プルシャ　一般的には「人間」を示すが、『リグ・ヴェーダ』では、世界創造の時に存在した巨大な人間で、世界はその巨大な人間のそれぞれの部分から生じたとされる。『バガヴァッド・ギーター』では、傍観者・承認者・維持者・経験者・偉大な主・アートマンと説明されている。プラクリティとともにプルシャがでてくることもあるが、この場合のプルシャもアートマンのことで、プラクリティはアートマン以外の全ての根源的原理になる。『バガヴァッド・ギーター』では〈大地を知る者〉とも呼ばれている。

並列複合語　二つ以上の語でひとつの語句を作る複合語の一種。複合語は合成された語の関係によって分類され、代表的なものに、並列複合語、限定複合語、同格限定複合語、所有複合語がある。日本語の例で説明すれば、並列複合語は「兄弟（兄と弟）」、限定複合語は「月光（月の光）」、同格限定複合語は「友人（友である人）」、所有複合語は「占術師（占いという術を所有する師）」になる。

マ　行

マールガシールシャ　インド暦の九番目の月。西洋暦ではおよそ十一月から十二月。

マカラ　ガンジス川を起源とするガンガー女神の乗り物である水生動物の名前。水を起源とするヴァルナ神の乗り物とされることもある。

マヌ　太陽神ヴィヴァスヴァットの子供で、人間の祖先（最初の人間）とされる。

マリーチ　聖者カシュヤパの父。聖者カシュヤパとディティの間には、「ダイティヤ」と呼ばれる悪魔が生まれた。

マルト　聖者カシュヤパとディティの間に生まれた子供たちで、悪魔の一種。「ダイティヤ」と呼ばれるのが一般的であるが、「マルト」と呼ばれることもある。

マルト神群　風に関係する神のグループ。四十九の神がいる。

マントラ　神を讃（たた）えるための言葉、祭式で唱えられる言葉。祈りの言葉や呪文を意味する場合もある。漢訳は真言。

三つのヴェーダ　『リグ・ヴェーダ』、『サーマ・ヴェーダ』、『ヤジュル・ヴェーダ』のことで、『アタルヴァ・ヴェーダ』は含まれない。

三つの要素　アートマン以外の全てを構成するサットヴァ、ラジャス、タマスの三つ。

メール山　神話的世界観に基づく伝説の山で、世界の中心にそびえる。神々が住み、山頂にはブラフマー神が住む。スメール山とも呼ばれ、漢訳は須弥山（しゅみせん）。

ヤ 行

ヤクシャ 聖者ヴィシュラヴァスがイダーヴィダーに産ませた子供たち。本来は悪魔の一種であるが、半神とされるようになった。漢訳は夜叉（やしゃ）。

ヤマ 本来は死の世界を支配する神であったが、後に死んだ人間を裁く王になった。漢訳は閻魔（えんま）。

ユガ 神話的歴史観による時代のこと。クリタ・ユガ、トゥレーター・ユガ、ドゥヴァーパラ・ユガ、カリ・ユガの四つがあり、だんだん悪い時代になる。四つのユガを合計した神の一万二千年（人間の四百三十二万年）が単位としての一ユガで、世界は次第に堕落し、破壊され、四つのユガの周期を繰り返すとされる。

ユダーマニユ パーンチャーラ国の戦士。ウッタマウジャスの兄弟。

ユディシュティラ パーンドゥとクンティーの長男。戦いでパーンダヴァ軍が勝利して、王位に就く。

ユユダーナ ヴリシュニ族の戦士。

四人のマヌ マヌは人間の祖先（最初の人間）を示すが、四人のマヌは、クリタ・ユガ、トゥレーター・ユガ、ドゥヴァーパラ・ユガ、カリ・ユガという四つのユガの始まりに存在したマヌを示す。

ラ　行

ラーマ　『マハーバーラタ』と並ぶヒンドゥー教の聖典『ラーマーヤナ』の主人公で、ヴィシュヌ神の七番目の化身。クリシュナとともに、ヒンドゥー教で最も崇拝されている神。あらゆる面で人間の理想とされる。

ラクシャス　聖者ヴィシュラヴァスがカイカシーに産ませた子供たちで、悪魔の一種。アスラも悪魔の一種であるが、アスラは神々と戦う悪魔で、ラクシャスは人間と戦う悪魔と説明されることもある。『ラーマーヤナ』に登場するラーヴァナが代表的なラクシャス。漢訳は羅刹（らせつ）。

ラジャス　アートマン以外の全てを構成する三つの要素の中のひとつ。『バガヴァッド・ギーター』では行為を生み出すものと説明されている。

ルドラ神群　暴風に関係する神のグループ。十一の神がいる。

訳者解説

1　『マハーバーラタ』の概要

『バガヴァッド・ギーター』は『マハーバーラタ』（全十八巻）の第六巻に挿入された物語で、王位継承をめぐり、親族であるパーンダヴァ軍とカウラヴァ軍の間で戦いが開始されようとした時に、アルジュナと御者となったクリシュナの間で交わされる会話である。なぜ、王位継承の問題が起こったのか。なぜ、親族が争い、戦うことになったのか。なぜ、クリシュナはアルジュナの御者となったのか。戦いの中で戦死した者たちはどのような最期を迎えたのか。戦いはどのような結果になったのか。これらの点を中心に、『マハーバーラタ』の物語の概要を『バガヴァッド・ギーター』に至るまでと『バガヴァッド・ギーター』の後に分けて以下に示す。

『バガヴァッド・ギーター』に至るまで

王位継承の問題は、現在のデリーの北にあったとされるクル国の王にシャーンタヌが即位していたことから始まる。ある時、シャーンタヌはガンジス川の岸辺で女性と出逢い、その美しさに魅了され、王妃として迎えようとする。その女性はガンジス川の女神である、ガンガー女神であった。ガンガー女神は、結婚の申し出を受けるには、結婚後、彼女がすることに何も口を挟まないという条件をのむように言った。そして、一言でも口を挟めば、王宮を出て行くと言った。シャーンタヌはこの条件を受け入れ、ガンガー女神と結婚することができた。

二年後、ガンガー女神は男の子を産んだ。王位継承者が生まれたことで、シャーンタヌは喜び、安堵したが、ガンガー女神は何も告げず、生まれた男の子を連れてガンジス川に向かった。驚いたシャーンタヌが後をつけると、ガンガー女神は何の躊躇もなく、川にその男の子を流してしまった。シャーンタヌは唖然とし、この恐ろしい行為を理解できず、理由を尋ねようとしたが、結婚の条件があったため、黙っているしかなかった。その後、ガンガー女神は次々と六人の男の子を産んだが、同じように、川に流してしまった。それでも、シャーンタヌは黙って見ているしかなかった。そして、ガンガー女神が八人目の男の子を産み、同じように、川に流そうとした時、シャーンタヌは耐えきれず、理由を尋ね、八人目の男の子を王位継承者として渡してくれるように頼んだ。結婚の条件を破ったために、ガンガー女神は王宮を去ることを告げた後で、次のような理由を話した。

聖者の牛を盗んだ八人の神々が人間に生まれ変わるという呪いを聖者にかけられた。人間には苦しみが多いので、人間に生まれ変わったら、すぐに殺して助けてくれるように、八人の神々に頼まれた。

シャーンタヌとの間に生まれた男の子がその神々の生まれ変わりで、七人目の男の子までは川に流し、ガンガー女神は神々の願いを叶(かな)えたが、八人目の男の子は人間として生きることになったため、王位継承者として、シャーンタヌに渡すことになった。ただし、その場で渡すことはせず、ガンガー女神が連れて行き、弓術などの王になるためのあらゆる教育をしてから、渡すことになった。そして、十六年後、その男の子はシャーンタヌに引き渡され、ビーシュマと名乗った（ビーシュマの名前は、『バガヴァッド・ギーター』第一章、第二章、第十一章に出てくる）。

ビーシュマが王位を継承するはずだったが、そうはならなかった。ガンガー女神を失ったシャーンタヌは、漁師の娘のサティヤヴァティーを見初め、結婚を娘の父親に申し込んだのだった。父親は光栄に感じ、喜びつつも、承諾せず、娘との間に生まれた子供を王にすることを結婚の条件とした。

シャーンタヌには、すでに王位継承者のビーシュマがいたために、条件を受け入れることができず、悩み、苦しみ、食事もせず、眠らず、自分の部屋に閉じこもる日々を過ごしていた。ビーシュマが尋ねても、その理由を答えることはなかった。ビーシュマは父親の従者に尋ね、父親の悩みの原因を知り、父親の願いを叶えるために、サティヤヴァティーの父親を訪ね、自らの王位継承権を放棄することを告げた。

しかし、娘の父親はそれだけでは承知しなかった。ビーシュマが結婚し、子供が生まれれば、娘の子供との間で、王位継承の争いが起きると考えたからである。そこで、ビーシュマは、一生結婚せず、子供を作らないことを誓った。この誓いは「ビーシュマの誓い」という言葉で「固い誓い」を意味する慣用句として残っている。

ビーシュマの誓いによって、シャーンタヌはサティヤヴァティーと結婚することができた。ビーシュマの犠牲によって結婚することができたシャーンタヌは、どんな戦いでも負けないこと、生きたいと思う限り生き続けることができて、死ぬ時期を自分で決められるという恩恵をビーシュマに与えた。

その後、シャーンタヌとサティヤヴァティーの間には、ビーシュマの異母弟になるチトラーンガダとヴィチトラヴィーリヤが生まれた。シャーンタヌが亡くなった後、年長のチトラーンガダが王位に就いたが、結婚もせず、子供を残さないまま、戦いで命を落としてしまった。そこで、ヴィチトラヴィーリヤが王位に就いたが、ビーシュマは世継ぎの心配をし、ヴィチトラヴィーリヤを結婚させることにした。ビーシュマはカーシー国王の三人の娘の「花婿選び」が開催されることを知り、カーシー国に向かった（カーシー国王の名前は、『バガヴァッド・ギーター』第一章に出てくる）。「花婿選び」とは、花婿になることを願う多くの男性が集まり、出された課題に成功した男性が花婿に選ばれるというものである。独身の誓いを立てていたビーシュマには、「花婿選び」に参加する資格はない。ビーシュマの目的は、三人の娘を奪って、王位にあるヴィチトラヴィーリヤと結婚させることであり、「花婿選び」の掟に従うつもりはなかった。王家の存続を考えれば、担保のために、複数の女性と結婚させることが必要だった。

三人の娘を奪ったが、長女のアンバーはすでに結婚を約束した相手がいたため、ビーシュマは彼女を解放した。解放されたアンバーは相手のもとに行き、結婚しようとしたが、ビーシュマに一度は奪われたことで不浄になったと見なされ、結婚を拒否された。悲しみから、アンバーは自ら命を絶ち、来世でビーシュマへ復讐することを誓った。生まれ変わったアンバーは、パーンダヴァ軍とカウラヴァ軍の戦いの中で重要な役割を果たすことになる。

ヴィチトラヴィーリヤは、カーシー国王の次女のアンビカーと三女のアンバーリカーと結婚したが、世継ぎが生まれないまま、亡くなってしまった。王位が空位になったため、周りからは、ビーシュマが王位に就き、結婚して世継ぎをつくることを勧められたが、「ビーシュマの誓い」を破ることはできなかった。王位が空位となり、ヴィチトラヴィーリヤの母親のサティヤヴァティーは、シャーンタヌと結婚する前、聖者となったヴィヤーサという子供を産んでいたことを思い出した。そのことをビーシュマに告げると、ビーシュマはアンビカーとアンバーリカーにヴィヤーサとの間で子供を産ませることにした。

ヴィヤーサは恐ろしく醜い姿をしていたので、アンビカーはヴィヤーサを見ると目を閉じてしまった。アンビカーから生まれたのがドリタラーシュトラであり、生まれつき目が見えないのは、ヴィヤーサを見て目を閉じてしまったためである。アンバーリカーはヴィヤーサを見ると、恐怖で青ざめてしまい、「青白い、体が弱い」を意味するパーンドゥを産んだ。ビーシュマはアンビカーとの間に、もう一人の子供を産ませようとしたが、アンビカーは再び恐ろしいヴィヤーサの前に行くことを拒否し、代わりに侍女を行かせた。侍女はヴィヤーサに敬意を示し、この女性から「賢い者」を意味するヴィドゥラが生まれた。ドリタラーシュトラが長男、パーンドゥが次男、ヴィドゥラが三男になる。長男のドリタラーシュトラが王位に就くはずであったが、目が見えないために、次男のパーンドゥが王位に就いた。

クル国の系譜は「カウラヴァ」と呼ばれ、「クルに関係する人」を意味するが、パーンドゥが王位に就くことで、「パーンダヴァ」とも呼ばれるようになった。「パーンダヴァ」とは「パーンドゥに関係する人」を意味する。『バガヴァッド・ギーター』の後に始まる戦いは、パーンダヴァ軍とカウラヴァ軍に分かれて行われるが、この場合の「パーンダヴァ」は「パーンドゥの子供たち」を意味し、パーンダヴァ軍は次男の系譜で、パーンドゥの子供たちを中心とする軍になる。一方、カウラヴァ軍は長男の系譜で、ドリタラーシュトラの子供たちを中心とする軍になる。三男のヴィドゥラはどちらの軍にも属さず、戦いに参加しない（『バガヴァッド・ギーター』は、目が見えないドリタラーシュトラが従者のサンジャヤに戦況を聞くことから始まる）。

王位に就いたパーンドゥはクンティーとマードリーという二人の女性と結婚し、ドリタラーシュトラはガーンダーリーという女性と結婚した。

＊クンティーは、結婚する前、神の名を唱えれば、その神が現われ、その神の子供を授かるという呪文（じゅもん）を聖者から教えてもらっていた。クンティーは、好奇心から、その呪文を試したくなり、太陽神スーリヤの名を唱え、スーリヤ神の子供を授かった。しかし、結婚前であったため、世間の批判を恐れ、悲しみに耐えながら、やむを得ず生まれた子供を川に流した。その子供は、身分が低い馬車の御者係に拾われ、カルナという名で育てられた（カルナの名は、『バガヴァッド・ギーター』の第一章と第十一章に出てくる）。

パーンドゥという言葉が「青白い、体が弱い」を意味しているように、パーンドゥは体が丈夫ではなかった。王としての遠征や戦いを繰り返す中で体調を崩し、クンティーとマードリーを伴い、王宮を出て、森で暮らすことにした。森で暮らしている間の王位には、兄のドリタラーシュトラが仮に就くことになった。弟のヴィドゥラは身分が低い侍女の子供であったため、仮であっても王位に就くことはできなかった。

森で暮らしていたパーンドゥが狩りをしていた時、交尾中の鹿に出逢い、矢で雄鹿を射止めたが、それは雄鹿の姿を取っていた聖者だった。聖者は、息を引き取る前に、交尾中の鹿に矢を放ち聖者を殺したことで、「女性と交わればお前は死ぬ」という呪いをパーンドゥにかけた。従って、クンティーとマードリーの間に王位後継者の子供を作ることはできなかった。このことを知ったクンティーは、結婚前に聖者から教えてもらった子供を授かるための呪文を思い出し、ユディシュティラ、ビーマ、アルジュナという三人の子供を授かった。そして、その呪文を教えてもらったマードリーは、サハデーヴァ、ナクラという双子の子供を授かった。

「女性と交わればお前は死ぬ」という呪いをかけられていたにもかかわらず、ある日、パーンドゥはマードリーと交わり、呪いの通りに死んでしまった。マードリーはその責任を感じ、パーンドゥを火葬する火の中に身を投じ、自らの命を絶った。マードリーの双子の子供は、クンティーが自分の子供と一緒に育てることになり、ドリタラーシュトラの王宮に戻った。

ドリタラーシュトラは、パーンドゥの五人の子供たちを王宮に迎え入れた。パーンドゥの長男のユディシュティラが生まれた後、次男のビーマが生まれた日と同じ日に、ドリタラーシュトラには長男のドゥルヨーダナが生まれた。ドリタラーシュトラの王妃のガーンダーリーはシヴァ神から百人の男の子を産むという恩恵を与えられていたので、長男のドゥルヨーダナと次男のドゥフシャーサナの他に、九十八人の男の子と一人の女の子を産むことができた。

本来の王はパーンドゥで、ドリタラーシュトラはあくまでも仮の王に過ぎない。パーンドゥが亡くなったとはいえ、王位継承権はパーンドゥの長男のユディシュティラにある。このことはドリタラーシュトラも知っていたが、仮とはいえ、長い間、王位にあり、王の責務を果たす中で、本来の王の権力を手にしていたし、本来の王としての処遇を受けていた。そして、ドリタラーシュトラの長男のドゥルヨーダナも、父親を本来の王と考え、自分に王位継承権があると考えていた。ドゥルヨーダナの母方の伯父（おじ）であるシャクニも、ドリタラーシュトラを本来の王と考え、ドゥルヨーダナに王位継承権があると考えていた。ここに王位継承の問題が起こり、ドゥルヨーダナとシャクニはさまざまな策略をめぐらし、ユディシュティラたちを排除しようとする。

ユディシュティラはパーンドゥの長男というだけでなく、王としての能力と品格があり、人望も厚かった。それに対して、ドゥルヨーダナは粗野な性格で、人望も薄かった。大伯父のビーシュマも弓術を教えたドローナも、ドゥルヨーダナたちよりもユディシュティラたちにより多くの愛情を注ぎ、能力を高く評価していた。ドゥルヨーダナには、ユディシュティラたちに対して、抑えきれない妬（ねた）みと怒りと敵意が芽生え、特に、同じ日に生まれたビーマに対しては、その思いが強かった。パーンドゥの子供たちの中で、ビーマは最も力が強く、いつもドゥルヨーダナたちを負かし、愚弄していた。

まだ小さかった頃、ドゥルヨーダナはそんなビーマを殺そうとして、水遊びに誘った。ビーマさえいなくなれば、ユディシュティラたちに勝てると考えたからである。ビーマは大食漢で、食べ物には目がなかった。そこで、毒を入れた食事を用意し、ビーマにご馳走した。毒が入っているとは知らずに食べ、意識を失ったビーマをドゥルヨーダナは池の中に放り投げ、これでビーマは死んだと思っていた。ビーマは池の底深くまで沈み、蛇の世界に達し、蛇に体を締め付けられたにもかかわらず無事で、意識も回復した。毒はビーマに決定的な影響を与えなかったのである。蛇の世界の王はビーマの強さに驚き、象の千倍の力を得ることができる飲み物を与え、ビーマはそれを飲んで、より強くなった。蛇の世界に八日間いた後、ビーマは王宮に戻って来た。ビーマは死んだと思っていたドゥルヨーダナは、信じられず、しかも前より強くなったと聞いて、怒りに震えた。ドゥルヨーダナにとって、王位継承をめぐってはユディシュティラが目の敵であったが、それ以外ではビーマが最大の目の敵となった。ドゥルヨーダナとビーマの激しい対立は、この先も続き、最終的には戦いの中で決着することになる。

ユディシュティラが成年になり、ドリタラーシュトラは正式にユディシュティラを王位継承者に指名し、そのことは国中に布告された。それは国民も望んでいたことで、国中が喜びに包まれた。当然、ドゥルヨーダナはこのことが気に入らなかった。国民から慕われるユディシュティラを妬み、怒りを爆発させた。布告されてしまった以上、もう取り消すことはできない。ドゥルヨーダナが王位継承者になる方法は、ユディシュティラを殺すことしかなかった。

伯父であるシャクニと相談し、ユディシュティラたちをとある村に遠征させ、石造りに見せかけた木造の館に滞在させ、その館に火をつけて、焼き殺すという策略をめぐらした。ドゥルヨーダナはこの策略をドリタラーシュトラに話し、ユディシュティラたちに遠征を命じるよう説得した。ドリタラーシュトラは躊躇したが、内心では自分の長男のドゥルヨーダナが王位継承者になることを望んでいたため、やむを得ず同意した。一方、ユディシュティラはこの遠征が策略ではないかと疑問を感じていたが、王の命令には従わざるを得なかった。こうして、ユディシュティラたちは、母親のクンティーを伴い、遠征に出かけ、木造の館に滞在することになった。木造の館で宴が開かれ、深夜になってから、ドゥルヨーダナの手下が火をつけた。火はまたたく間に燃え広がり、館は炎に包まれた。

しかし、ドリタラーシュトラの弟のヴィドゥラは、事前にこの策略を知っていて、木造の館から逃げるためのトンネルを掘らせ、ユディシュティラたちに教えていた。ドゥルヨーダナは策略が成功し、王位継承者になったと喜び、誰もがユディシュティラたちは焼け死んだと考えていた。しかし、ユディシュティラたちはトンネルを通って逃げ、無事だった。ビーマはすぐに王宮に戻り、ドゥルヨーダナに復讐しようとしたが、ユディシュティラとクンティーは反対した。ドゥルヨーダナの妬みと怒りは今や殺意になり、この殺害計画が失敗し、もしユディシュティラたちが生きていることを知れば、さらに妬みと怒りは増し、別の殺害計画をたててくるだろうと考えたからである。従って、ユディシュティラたちは、王宮に戻らず、バラモンに姿を変えて、しばらくの間、森を遍歴することにした。ヴィドゥラ以外、ユディシュティラたちが生きていることは誰も知らなかった。

バラモンの姿に変装して遍歴していたユディシュティラたちは、パーンチャーラ国に辿り着いた。パーンチャーラ国はドルパダが統治していて、娘ドラウパディーの「花婿選び」が開催されようとしていた。近隣諸国から、ドラウパディーとの結婚を望む王族たちが会場である王宮に集まっていた。ユディシュティラたちも会場に行った。

「花婿選び」の課題は、弓に弓弦（ゆづる）をかけ、天井に吊（つ）され回っている魚の模型の目を、それが映っている床に置かれた水瓶（みずがめ）の水面だけを見て、矢で射貫（いぬ）くというものであった。次々と男性が弓に弓弦をかけようとしたが、誰もが失敗した。最後にアルジュナが前に進み、軽々と弓に弓弦をかけ、矢で魚の目を射貫いた。アルジュナが花婿に選ばれ、ドラウパディーが与えられた。アルジュナはドラウパディーを連れて戻り、母親のクンティーに「今日、贈り物をいただきました」とだけ告げると、クンティーはドラウパディーを見ることなく、「いただいたものは兄弟で分けなさい」と言った。ドラウパディーを見て、クンティーは自分の言葉に驚き、当惑した。

アルジュナは兄より先には結婚できないこと、母親の言葉には従わなければならないことを理由に、ドラウパディーを五人の妻とすることを主張し、最終的にはユディシュティラの母親の言葉は絶対だという理由で、ドラウパディーは同時に五人の妻となった。ユディシュティラたちはバラモンの姿に変装していたが、ドラウパディーに正体を明かし、ドラウパディーの父親ドルパダにも、そのことは知らされた（『バガヴァッド・ギーター』の第一章に出てくる「ドラウパディーの息子たち」とは、ユディシュティラたち五人の間にそれぞれ生まれた子供たちである。ドルパダの名前も『バガヴァッド・ギーター』の第一章に出てくる)。

ドラウパディーの「花婿選び」の課題に成功したバラモンはアルジュナで、焼け死んだと思われていたユディシュティラたちが生きていることは、ドリタラーシュトラやビーシュマたちの耳にも届いた。ドリタラーシュトラは表面上喜び、ビーシュマは心から喜んだ。ユディシュティラたちが生きていることが分かった以上、ドリタラーシュトラはユディシュティラたちを王宮に呼び戻す他はなかった。こうして、ユディシュティラたちは、ドラウパディーを連れて、王宮に戻った。

ユディシュティラを殺し、王位継承権を手に入れたと喜んでいたドゥルヨーダナは、ユディシュティラたちに戦いを仕掛け、王位継承権を奪おうとした。策略ではなく、正当な戦いによって、殺そうとしたのである。ドゥルヨーダナが強く戦いを主張したため、ドリタラーシュトラは悩んでいたが、親族間の戦いを避けるように主張するビーシュマの進言を受け入れ、戦いを承諾しなかった。そこで、やむを得ず、国を二分し、ユディシュティラとドゥルヨーダナをそれぞれの国の王位継承者とすることにした。ユディシュティラは納得したが、ドゥルヨーダナは納得できなかった。ドゥルヨーダナにとっては、王位継承という問題だけでなく、ユディシュティラたちに対する恨みと敵意があり、ユディシュティラたちを殺したいと考えていたのである。

国は二分され、ユディシュティラは与えられた自分の国に王宮を建設し、そこで王の即位式を行うことにした。諸国の王たちに招待状が送られ、ドゥルヨーダナのもとにも招待状が届いた。ドゥルヨーダナは出席をためらったが、伯父のシャクニに勧められ、出席することにした。

ユディシュティラの王宮は、美しく、豪華で、ドゥルヨーダナは嫉妬心を抑えることができなかった。王宮にはさまざまな仕掛けがあり、ドゥルヨーダナは布のように見える壁に頭をぶつけ、ユディシュティラたちに笑われた。また、床のように見える中庭の池に落ちて、笑われた。そして、それを見ていたドラウパディーは嘲るように笑い、「目が見えない親の子供も目が見えない」と言い放った。笑われたことは、ドゥルヨーダナにとって最大の屈辱であった。特に、ドラウパディーの一言は到底許されるものではなかった。ユディシュティラたちに対する嫉妬と恨みと敵意、王位継承問題に加え、ドラウパディーへの復讐を誓い、ドゥルヨーダナは王宮を後にした。

復讐に燃えるドゥルヨーダナは、伯父のシャクニにその方法を相談し、シャクニはサイコロを使う賭けゲームにユディシュティラを誘うことを提案した。ユディシュティラはこのゲームの愛好者で、賭け事も好きで、断わらないだろうという予想があった。しかも、シャクニは自由にサイコロの目を出すことができた。予想通り、ユディシュティラはゲームの誘いを受けた。シャクニは、ユディシュティラたちへの恨み、ドラウパディーへの復讐だけでなく、王位継承問題もこのゲームで決着をつけようと考えていた。

まずユディシュティラは宝石を賭けたが、シャクニに勝てるはずはなかった。続いて全ての財産を賭けたが、負けて、それらも全て失った。もう賭けるものがなく、ユディシュティラはゲームをやめようとしたが、シャクニは分け与えられた国と王位を賭けて勝てば、今まで失ったものを返すと提案した。弟たちは止めたが、賭け事が好きなユディシュティラは誘惑に負けて、国と王位を賭けてゲームをした。ユディシュティラは負けて、国と王位を失った。賭けるものはもうなくなってしまったが、シャクニは四人の弟たちを賭けることを提案し、ユディシュティラは負けて、弟たちも失った。続いて、シャクニはユディシュティラ自身を賭けることを提案し、ユディシュティラは自分自身も失ってしまった。ユディシュティラたちはドゥルヨーダナの所有物となった。自分自身までも失ってしまったユディシュティラに対して、シャクニは賭けるものがまだ残っていると提案した。それはドラウパディーである。最後にドラウパディーを賭けて勝てば、それまでに失った全てを返すと提案した。ユディシュティラはその提案も受け入れ、ゲームをしたが、当然ながら負けて、ドラウパディーも失った。

ドラウパディーもドゥルヨーダナの所有物となり、復讐する時がやって来た。ドゥルヨーダナは弟のドゥフシャーサナにドラウパディーを連れて来るように言った。抵抗するドラウパディーの髪をつかみ、引きずりながら、ドゥフシャーサナはドゥルヨーダナの前に連れて来た。「目が見えない親の子供も目が見えない」と言われ、屈辱を受けたドゥルヨーダナは自分の太腿(ふともも)を指差し、ドラウパディーにそこに座るように言った。ドラウパディーが拒否すると、ドゥフシャーサナにドラウパディーのサリーを剝(は)ぎ取るように言った。耐えきれない屈辱を与えることで、ドゥルヨーダナは自分が受けた屈辱の復讐をしようとしたのである。サリーが巻き取られ始めた。その場にいた誰もそれを止めようとはせず、ドラウパディーは心の中でクリシュナに助けを求めた。サリーは巻き取られ続けたが、どんなに巻き取っても終わることはなく、ドゥフシャーサナはとうとう諦(あきら)めてしまった。クリシュナがドラウパディーを守ったのである。

ドラウパディーは女性として最大の屈辱を受けた。それはユディシュティラたちにとっても屈辱であり、ビーマはドゥルヨーダナの太腿を打ち砕き殺すこと、ドラウパディーの髪をつかんで引きずったドゥフシャーサナの右腕を引き抜いて殺し、その血を飲み、その血でドラウパディーの髪を洗うことを誓った。ユディシュティラたちにとって、ドゥルヨーダナとの戦いは、王位継承という問題だけではなく、ドラウパディーの屈辱をはらすという意味も持つことになった。

賭け事とドラウパディーへの侮辱は、ドリタラーシュトラやビーシュマがいる前で行われたが、誰もが沈黙したままだった。ドゥルヨーダナはドリタラーシュトラの長男であり、王位継承者であるため、制止することはできなかった。ドラウパディーは叫びながら、激しく訴えた。そこにいた全員を責めた。ドリタラーシュトラの王妃であり、ドゥルヨーダナの母親であるガーンダーリーもその場にやって来て、強く全員を非難した。それでも沈黙は続いた。ついにドリタラーシュトラが口を開いた。ドラウパディーに謝罪し、どんな願いでも叶えると約束した。ドラウパディーは今までの賭け事の無効を願い、ドリタラーシュトラはユディシュティラが賭け事で失った全てを返還する裁定を下した。この裁定によって、ユディシュティラたちはその場を去り、自分の国に向かって行った。

しかし、当然ながら、ドゥルヨーダナはこの裁定に納得するはずがなかった。シャクニと相談し、もう一度だけ賭け事をすることをドリタラーシュトラに提案した。賭けるものは財産でも国でもなく、国を追放され、十三年間を森で生活することであった。そして、最後の一年間は誰にも居場所と正体を知られずに過ごし、知られれば、さらに十三年間の追放が繰り返される。賭けに負けた方は、そのような生活を送ることになる。ドリタラーシュトラは躊躇したが、ドゥルヨーダナをなだめるために、そして内心ではユディシュティラたちの追放を願っていたために、提案を受け入れ、ユディシュティラたちを呼び戻した。弟たちは断わるように言ったが、ユディシュティラはこの時も賭け事をすることにした。しかし、狡猾（こうかつ）なシャクニを相手にして、ユディシュティラが勝つことはなかった。ユディシュティラたちとドラウパディーは、自らの国に戻ることはなく、十三年間森で生活することになった。十三年後には戻ってくることになるが、最後の一年間に正体が分かってしまえば、さらに森での生活が繰り返される。ドゥルヨーダナは最後の一年間には必ず居場所と正体を突き止めることができると考え、これで王位継承問題は解決すると安堵していた。

　ユディシュティラたちは十二年間森で生活し、最後の一年はある国で名前を変え、正体を隠して暮らした。ユディシュティラはバラモンになり、ビーマは料理人になり、アルジュナは女装して踊り子になり、ナクラは馬飼いになり、サハデーヴァは牛飼いになった。そして、ドラウパディーは侍女になった。ドゥルヨーダナは密偵を送り、ユディシュティラたちの居場所を突き止めようとしたが、どうしても突き止めることはできなかった。

十三年間の追放を終え、ユディシュティラたちは国に戻り、国の半分の返還を要求した。ドゥルヨーダナはその要求を断わり、戦いで決着することを提案した。ドリタラーシュトラやビーシュマを始め、誰も親族同士の戦いを望んではいなかったが、ドゥルヨーダナを説得することはできず、もはや戦いは避けられないように思われた。ユディシュティラたちを焼き殺すこと、賭け事で追放することを画策し、王位継承権を自分のものにしようとしてきたが、ドゥルヨーダナは、ついに正当な手段である戦いによって解決しようとしたのである。諸国に支援を求め、戦いの準備は進められた。そして、ドゥルヨーダナとアルジュナはクリシュナに支援を求めるため、ドゥヴァーラカー国を訪ねた。

＊クリシュナは、ヴィシュヌ神の八番目の化身として、マトゥラー国に生まれた。マトゥラー国はウグラセーナが統治していたが、子供のカンサには悪魔の血が流れ、とても凶暴

で、父親を退位させ、自らが王となり、多くの人間を殺していた。誰もカンサの暴挙をとめることはできなかったために、ヴィシュヌ神がクリシュナとなって、人間の世界に生まれ、カンサを殺すことになった。

クリシュナの誕生はカンサに予言されていた。ある時、カンサは「お前は妹のデーヴァキーの八番目の子供によって殺される」という予言を聞いた。この予言を聞いて、カンサは妹を殺そうとしたが、妹は生まれた子供をカンサに引き渡すと約束したので、妹を夫のヴァスデーヴァと一緒に牢獄に閉じ込め、監視することにした。妹は子供が生まれるとカンサに引き渡し、カンサはその子供を殺した。このようにして、七番目まで子供が生まれると、その子供たちは全てカンサによって殺された。八番目の子供が生まれた時、牢獄の扉が開き、ヴァスデーヴァはその子供を頭に乗せ、ヤムナー川を渡り、牛飼いのナンダの子供と交換した。交換された子供はカンサによって殺された。このようにして、デーヴァキーの八番目の子供はカンサの殺害を免れ、ナンダの子供として育てられることになった。この子供がクリシュナである。

ナンダの子供として育てられたクリシュナは、子供の時からさまざまな奇跡を起こし、その噂はカンサの耳にも届いた。デーヴァキーの八番目の子供を殺したと思っていたが、子供は死んでおらず、その八番目の子供がクリシュナであることを知った。そこで、クリシュナを殺すために、悪魔を送るなど多くの計画を実行した。しかし、それらの計画は全て無駄に終わり、予言通り、カンサはクリシュナに殺された。そして、ウグラセーナが王に復位し、マトゥラー国を統治することになった。

カンサを殺したクリシュナに対して、カンサの義父であり、マガダ国の王であったジャラーサンダは、復讐のために軍を率いてマトゥラー国を攻めた。ジャラーサンダにも悪魔の血が流れていたため、クリシュナであってもジャラーサンダを殺すことができず、軍を撤退させるのが精一杯であった。ジャラーサンダは何度もマトゥラー国を攻め続けた。ジャラーサンダの目的はマトゥラー国を奪うことではなく、クリシュナに復讐することであった。そこで、クリシュナはマトゥラー国を後にして、遠く離れたドゥヴァーラカーに国を建設し、そこを統治していた。

支援を求めてきたドゥルヨーダナとアルジュナに対して、クリシュナは二つの選択肢を示し、それぞれが選ぶように告げた。一つ目はドゥヴァーラカー国の無敵の軍隊で、二つ目はクリシュナ自身の協力であった。しかも、クリシュナ自身は武器を取って戦うことはなく、馬車の御者となるだけだと言う。最初にアルジュナがクリシュナ自身を選択した。ドゥルヨーダナはアルジュナの選択に驚き、笑い、望んでいた軍隊を選択したことに満足していた。ドゥヴァーラカー国の軍隊が無敵であるのは、クリシュナが指揮するからであることをドゥルヨーダナが理解できるはずはなかった。こうして、クリシュナはアルジュナの御者となった。

戦いの準備が進められ、避けられない状況になったが、それでも戦いを回避する努力は続けられた。ユディシュティラは、戦う覚悟はあり、勝利する自信もあるが、戦いは望まないので、国の半分を返還して欲しいと使者を送り、ドリタラーシュトラに伝えた。ドリタラーシュトラとビーシュマも、母親のガーンダーリーもドゥルヨーダナを説得しようとした。しかし、ドゥルヨーダナは国のひとかけらもユディシュティラには与えないと強く拒否した。最後に、ユディシュティラの意向を受けて、クリシュナが直接ドゥルヨーダナを説得しようとした。しかし、ドゥルヨーダナは説得を受け入れないだけでなく、御者としてであっても、戦いにクリシュナが参加しないように、捕らえようとした。戦いにこだわったのは、ドゥルヨーダナの弟たちとカルナだけであった。

＊カルナはクンティーの子供であり、ユディシュティラたちの兄になるが、クンティーに捨てられ、御者係に拾われ、身分が低い子供として育てられた。カルナは自分の生まれを知らなかったが、クンティーはカルナが自分の子供であることを知っていた。身分が低いにもかかわらず、カルナはドゥルヨーダナによってアンガ国を与えられ、御者係の子供から王族になっていた。そして、弓術の能力は誰もが認めていた。身分が低いために、ユデ

ィシュティラの弟たちから屈辱的な言葉と扱いを受けてきたカルナは、ドゥルヨーダナへの恩義を忘れることはなく、ユディシュティラたちとの戦いを望んでいた。特に、弓術の能力が高いアルジュナとの戦いを強く望んでいた。

戦いが避けられない状況になり、戦いを望むカルナに対して、クンティーは自分が母親であることを告げ、戦いをやめるように説得しようとした。クンティーにとっては、自分の子供同士の戦いになり、それは耐えられないことであった。カルナにとっては、兄弟同士の戦いになる。それを知っても、カルナは戦いをやめようとはしなかった。しかし、戦いで、アルジュナ以外は殺さないことをクンティーに約束した。クンティーの子供は五人であった。カルナとアルジュナの戦いがどのような結果になっても、クンティーには五人の子供が残る。戦いでカルナが殺されれば、五人はそのままであり、カルナがアルジュナを殺せば、カルナを加えた五人の子供が残り、五人であることに変わりはない。カルナはこのような想いを抱え、戦いにのぞむことになった。

努力も虚しく、戦いは不可避となった。戦いを望んだのは、ドゥルヨーダナを始めとする一部の者たちだけであったが、戦いが決まった以上、誰もが納得し、自らの義務を果たすために、戦場に向かった。ドゥルヨーダナを始めとする軍はカウラヴァ軍、ユディシュティラを始めとする軍はパーンダヴァ軍と呼ばれた。

ビーシュマは、ユディシュティラたちに愛情を注ぎ、ユディシュティラたちもビーシュマを大伯父と呼び、慕っていたが、ビーシュマはカウラヴァ軍につき、指揮官となった。ドローナは、ユディシュティラたちに弓術などを教え、特にアルジュナの能力を高く評価し、ユディシュティラたちはドローナを師として尊敬していたが、ドローナもカウラヴァ軍についた。ドゥルヨーダナは、ビーシュマとドローナがパーンダヴァ軍につくことを疑ったが、二人ともドリタラーシュトラに仕える身である以上、私情を捨て、裏切ることはなかった。しかし、ビーシュマもドローナも、クリシュナがパーンダヴァ軍にいる限り、カウラヴァ軍が勝てないことは知っていた。それでも、義務を果たすために戦いにのぞんだ。

ユディシュティラたちにとっては、慕っている人間、尊敬している人間と戦うことになり、ビーシュマとドローナにとっては、愛情を注いでいる人間、弟子と戦うことになる。憎しみだけの戦いではない。カルナはユディシュティラたちが弟であることを知っていたが、ドゥルヨーダナに対する恩義からカウラヴァ軍についた。パーンダヴァ軍は、パーンドゥの子供たちであるユディシュティラ、ビーマ、アルジュナ、サハデーヴァ、ナクラを中心に、ドラウパディーの父と兄と子供たちなどによって構成され、ユディシュティラたちの義兄であるドリシュタデュムナがパーンダヴァ軍の指揮官となった（ドリシュタデュムナの名前は、『バガヴァッド・ギーター』の第一章に出てくる）。

両軍が話し合い、以下のような戦いの主な掟が確認された。

・日没でその日の戦いは終わり
・武器を持たない相手には攻撃しない
・敗北を認めた相手には攻撃しない
・使者、武器や薬や食料の補給者には攻撃しない
・負傷者を治療する宿営地には攻撃しない
・正々堂々と戦う

両軍が対峙する中、ユディシュティラはビーシュマとドローナの前に進み、頭を垂れ、恭しく挨拶をし、祝福を求め、ビーシュマとドローナは「お前に勝利あれ」と祝福を与えた。それを見ていたドゥルヨーダナはこれから戦う相手に祝福を与える意味が理解できなかったが、ユディシュティラやビーシュマやドローナにとって、これから始まろうとしている戦いは、ドゥルヨーダナが理解している戦いとは異なる意味を持っていた。

戦場に集まった戦士たちは、それぞれが戦いの意味を見いだし、それまでの迷いを完全に振り払い、これから始まる戦いに集中していた。しかし、パーンダヴァ軍のアルジュナだけはまだ迷っていた。なぜ、アルジュナは迷っているのか。どのような教えによって、クリシュナはアルジュナを戦わせようとするのか。クリシュナの教えが、『バガヴァッド・ギーター』として始まる……。

『バガヴァッド・ギーター』の後

戦いが始まり、カウラヴァ軍の指揮官のビーシュマは、パーンダヴァ軍の戦士たちを強力な矢で殺し続けた。パーンダヴァ軍が劣勢になる中でも、ユディシュティラたちは大伯父であるビーシュマへの攻撃を避けていた。そこで、武器は持たず、戦わないと誓っていたクリシュナが、車輪を持ち上げビーシュマを攻撃しようとした。それを見て、アルジュナはクリシュナが誓いを破ることに耐えられず、ようやく自らがビーシュマに矢を放った。もともとクリシュナは攻撃するつもりはなく、攻撃しようとしないアルジュナを戦わせるための作戦であった。しかし、ビーシュマに直接戦いを挑んでも、アルジュナが勝てるはずはなかった。

パーンダヴァ軍が勝利するためには、どうしてもビーシュマを倒す必要がある。ビーシュマは誰と戦っても負けることはなかったが、相手が武器を持っていない場合、一人息子の場合、身分が低い場合、女性である場合、男性であっても以前は女性であった場合、自らの武器を捨てて、戦わないことを決めていた。このことを知ったパーンダヴァ軍は、戦いが始まってから十日目に、シカンディンを前面に配置し、ビーシュマとの戦いに挑んだ。

＊シカンディンはパーンチャーラ国の王ドルパダの次男で、ユディシュティラたちの義兄になるが、もともとは女性でシカンディニーという名前であった。以前、ビーシュマはカーシー国王の三人の娘を奪い、異母弟のヴィチトラヴィーリヤと結婚させようとしたが、三人の娘の中の長女アンバーはすでに結婚を約束した相手がいたため、ビーシュマは解放した。解放されたアンバーは相手のもとに行き、結婚しようとしたが、ビーシュマに一度は奪われたので、不浄になったと見なされ、結婚を拒否され、悲しみから、自ら命を絶った。そして、ビーシュマへ復讐することを誓った。アンバーはドルパダの娘シカンディニーとして生まれ変わるが、女性は戦いに参加できないため、激しい苦行の末に、神の恩恵によって男性になった（シカンディンの名前は、『バガヴァッド・ギーター』の第一章に出てくる）。

シカンディンがビーシュマの前に現われた時、ビーシュマは弓を捨てた。なぜなら、シカンディンがもともとは女性だったことを知っていたからである。さらに、シカンディンの前世も知っていて、潔く復讐を受ける覚悟をしていたからである。弓を捨てたビーシュマに対して、シカンディンは矢を放ち、矢はビーシュマの体に刺さった。ユディシュティラたちは矢を放つことができなかったが、ビーシュマは矢を放つように言った。それが戦士としての義務だと言った。ユディシュティラたちは、ためらいながらも矢を放ち、ビーシュマは倒れたが、体に突き刺さった何本もの矢がベッドのように体を支えた。ユディシュティラたちは彼のそばに近寄り、涙を流して悲しんだ。しかし、ビーシュマは立派に義務を果たしたことを伝え、誇りに思うと告げた。そして、矢で体を支えられたまま、息を引き取ることはなく、そのまま戦況の報告を受け、かつて父のシャーンタヌから与えられた恩恵によって、戦いが終わった後に、その時が自分の最期だと決め、息を引き取った。

ビーシュマの後を継いで指揮官となったドローナは、ユディシュティラを捕らえ、それによって戦いを終わらせようとした。しかし、ユディシュティラのそばにクリシュナとアルジュナがいる限り、ユディシュティラを捕らえることはできないため、戦いの十三日目、カウラヴァ軍の戦士が一対一でアルジュナに戦いを申し込み、遠くまで誘いだし、クリシュナとアルジュナをユディシュティラから引き離した。申し込まれた戦いを受けるのは、戦いの掟であった。

ドローナは「円形の陣立て」を配置し、ユディシュティラを捕らえようとした。「円形の陣立て」は難攻不落の陣と言われ、攻撃することは不可能で、クリシュナとアルジュナだけが攻撃することができた。クリシュナとアルジュナがその場にはいなかったため、ユディシュティラはどうすることもできなかったが、アビマニユは自分ならば「円形の陣立て」を突破できると、ユディシュティラに告げた。アビマニユは、アルジュナとスバドラーの子供で、スバドラーはクリシュナの妹である。アビマニユがスバドラーのお腹の中にいた時、アルジュナが「円形の陣立て」の攻撃方法を話すのを聞いたことがあった。しかし、それは「円形の陣立て」を突破して中に入るだけの方法で、再び外に出てくる方法は聞いていなかった。

ユディシュティラはアビマニユの身を案じ、突破を許可しなかったが、アビマニユが強く主張するため、アビマニユを先頭にして他の戦士たちがそれに続く形で突破を許可した。アビマニユは「円形の陣立て」に進み、配置を崩し、中に入ることができた。しかし、他の戦士たちは、カウラヴァ軍のジャヤッドラタに侵入を阻まれ、中に入ることができなかった。アビマニュは「円形の陣立て」の中で、ひとり取り残され、敵に取り囲まれた。戦いの掟は一対一で戦うことであったが、その掟を破り、カウラヴァ軍の戦士たちはアビマニュを四方から攻撃し、ジャヤッドラタが背後からとどめを刺すことで、アビマニュは凄絶な最期を迎えた（アビマニュの名は『バガヴァッド・ギーター』の第一章に出てくる）。

戻って来たアルジュナはアビマニュの凄絶な死を知って、嘆き悲しんだ。それに対して、クリシュナは、アビマニュは勇敢に戦い、戦士としての義務を果たしたのだから、死を讃え、父親としては誇るべきことで、嘆き悲しむことはアビマニュへの侮辱になると諭した。そして、アルジュナは、明日の日没までにジャヤッドラタを殺し、殺すことができなければ、自らが火の中に身を投じると誓った。

＊ジャヤッドラタはシンドゥ国の王で、ドリタラーシュトラの一人娘と結婚していたため、ユディシュティラたちにとっては親戚になる。ユディシュティラが賭け事に負け、森の生活を送っていた時、ジャヤッドラタが森の庵を通りかかったことがあった。ユディシュテ

ィラたちは狩りに出かけ、庵にはドラウパディーと侍女がいるだけだった。ジャヤッドラタはドラウパディーの美しさに心を奪われ、妻にしたいとドラウパディーに迫った。ドラウパディーが強く拒否すると、ジャヤッドラタはドラウパディーの手を取り、馬車に連れ込み、略奪した。

庵に戻って来たユディシュティラたちは、侍女からそのことを聞いて、後を追いかけ、ジャヤッドラタを捕まえた。ビーマはジャヤッドラタを殺そうとし、ドラウパディーもそれを望んだが、ユディシュティラは、ジャヤッドラタが親戚であるために、殺すことには同意しなかった。しかし、略奪した罪に対する罰として、ドラウパディーの意向によって、ジャヤッドラタの髪を剃り、五つの髷だけを残して、哀れな姿にすることにした。そのような姿は笑いものであり、ジャヤッドラタにとっては侮辱で、生き地獄に等しかった。この恨みをはらすために、ジャヤッドラタは復讐を誓っていた。

アルジュナの誓いを知ったジャヤッドラタは戦場から逃げようとしたが、ドローナはカウラヴァ軍が総力をあげて守ることを告げ、ジャヤッドラタを引き留めた。戦いの十四日目、アルジュナの目的はジャヤッドラタを殺すことだけだった。クリシュナとともに、ジャヤッドラタを捜し、カウラヴァ軍の中を突き進んだが、ジャヤッドラタは見つからなかった。この日のうちにジャヤッドラタを殺すことができなければ、自らの誓いによって、アルジュナは火の中に身を投じなければならない。ドローナの狙いはそこにあり、ジャヤッドラタを守り、アルジュナが自ら命を落とすことであった。

日没が迫り、クリシュナにとっても、ジャヤッドラタを見つけて、殺すことはもう不可能であると思われた。そこで、クリシュナは自らの神秘的な力によって、太陽を隠し、日没になったと錯覚させた。アルジュナが身を投じる火が用意され、ジャヤッドラタは勝ち誇ったように、アルジュナの前に姿を現した。手には何の武器も持ってはいなかった。その時、クリシュナは再び自らの神秘的な力によって、太陽の姿を現し出し、アルジュナは矢によって、ジャヤッドラタの首をはね、首は地に落ちた。こうして、アルジュナはアビマニユの仇（かたき）を取ることができた（ジャヤッドラタの名前は、『バガヴァッド・ギーター』の第十一章に出てくる）。

戦いの十五日目、ドローナはドルパダを殺した。パーンダヴァ軍の指揮官ドリシュタデュムナはドルパダの長男で、この日のうちに仇を取ろうとした。ドローナは戦いの中で、多くの戦士たちを殺し、その勢いはユディシュティラたちも止めることができなかった。ドローナが武器を手にしている限り、ドローナの相手になる戦士は誰もいなかった。息子であるアシュヴァッターマンが死んだと聞けば、悲しみのあまり、ドローナは武器から手を離すだろうとクリシュナは考えた。それは嘘であっても、パーンダヴァ軍の命を救うためには、許される嘘であった。ドローナに聞こえるように、ビーマが「アシュヴァッターマンが死んだ」と叫んだが、ドローナは信じることができなかった。そこで、嘘をつくことができない正直者のユディシュティラに事実を確かめた。ユディシュティラは「アシュヴァッターマンは死んだ。でも、それは象のアシュヴァッターマンだ」と答えた。しかし、後半部分は戦士たちの戦う声によって、ドローナの耳には届かなかった。ユディシュティラの答えを聞き、ドローナは息子が死んだと信じ、呆然となり、武器から手を離し、馬車の席に座り込んでしまった。その時、ドリシュタデュムナがドローナを殺そうと走り込んで来たが、殺さずに捕らえようとしたアルジュナは止めた。しかし、その制止を振り切り、父親の仇を取りたいドリシュタデュムナは、剣でドローナの首を切り落とした（ドローナの名前は、『バガヴァッド・ギーター』の第一章、第二章、第十一章に出てくる）。

　ドローナの後、カルナが指揮官になった。カルナは猛烈な勢いで戦い続け、ユディシュティラを追い詰めることもあった。殺すこともできたが、母親のクンティーとの約束から、殺すことはしなかった。カルナにとっては、アルジュナとの戦いが全てであり、それはアルジュナにとっても同じだった。戦いの十七日目、二人の間で凄まじい戦いが行われた。二人には神々から与えられた矢があり、お互いが放った矢がぶつかり合い、その衝撃は天空にとどろき、戦士たちを震え上がらせた。どれだけ矢を放っても、決着はつかなかった。矢を放ち続けている中で、カルナが乗った馬車の車輪が溝にはまってしまい、馬車は傾き、動けなくなってしまった。以前、カルナはあるバラモンの牛を誤って殺してしまい、そのバラモンから「いつかお前の馬車の車輪が溝にはまり、その時にお前は死ぬ」という呪いをかけられていた。しかし、カルナは弓を置き、馬車から降りて、車輪を溝から引き上げようとし、その間は矢を放たないようにアルジュナに言った。武器を持たない相手を攻撃しないことは、戦いの掟であった。アルジュナは掟を守ろうとしたが、クリシュナに勧められ、車輪を引き上げようとしているカルナに矢を放った。矢はカルナの首を貫通し、その場に倒れ、息を引き取った。カルナはアルジュナが弟であることを知っていたが、アルジュナはカルナが兄であることを知らなかった。カルナが母親のクンティーに約束したように、クンティーには五人の子供が残った（カルナの名前は、『バガヴァッド・ギーター』の第一章と第十一章に出てくる）。

同じ戦いの十七日目、ビーマはドゥルヨーダナの弟のドゥフシャーサナを狙っていた。ユディシュティラがドラウパディーを賭けて負けた時、ドゥフシャーサナはドラウパディーの髪をつかんで引きずり連れて来た。その屈辱を晴らすことをビーマは誓っていた。一対一での激しい戦いが続いた末、ビーマは棍棒(こんぼう)でドゥフシャーサナを殴り殺した。ドラウパディーの髪をつかんだ右手を引きちぎり、胸を引き裂き、そこから流れる血を飲み、誓いを果たした。

戦いで、カウラヴァ軍はビーシュマ、ジャヤッドラタ、ドローナ、カルナを失い、ドゥルヨーダナの弟もドゥフシャーサナをはじめ全て殺され、カウラヴァ軍にはドゥルヨーダナの他には三人しか残っていなかった。この状況を知り、母親のガーンダーリーがドゥルヨーダナのもとにやって来た。ガーンダーリーは、ドリタラーシュトラが目が見えないために、結婚してから、自らの目に布を巻き、何も見ないようにしていたが、その結果、ガーンダーリーの目には不思議な力が宿っていた。その力によって、ガーンダーリーはドゥルヨーダナを不死身の体にしようと考えていた。そこで、ドゥルヨーダナに沐浴(もくよく)をして、全裸でガーンダーリーの前に来るように言った。全裸のドゥルヨーダナの前で、目の布を取り、目の力によって不死身の体にしようとしたのである。しかし、このことをクリシュナは知り、沐浴をして、全裸のままガーンダーリーのところに向かうドゥルヨーダナを呼び止め、せめて葉で下半身を隠すように忠告した。ドゥルヨーダナはこの忠告を受け入れ、ガーンダーリーの目の前に立った。ガーンダーリーは目の布を取り、不思議な目の力をドゥルヨーダナに注いだが、下半身を葉で隠している姿を見て、下半身は不死身ではないことになり、激しく怒りだした。しかし、ドゥルヨーダナは、下半身を攻撃してはならない掟があるために、気にすることはなかった。

最後の戦いに備え、力を蓄えるため、ドゥルヨーダナは池の中で休んでいた。姿が見えないドゥルヨーダナを捜し、ようやくユディシュティラたちは、ドゥルヨーダナが池の中にいることを突き止めた。池の中から出て戦うように言い、ドゥルヨーダナは姿を現した。ドゥルヨーダナは一人であるのに対して、ユディシュティラたちは五人である。戦いは一対一で行われる掟があるため、ドゥルヨーダナに戦う相手を選ばせ、使用する武器も選ばせた。ドゥルヨーダナは相手にビーマを選び、使用する武器は棍棒を選んだ。二人の壮絶な戦いが始まった。お互いが棍棒で殴り合い、大きな傷も負ったが、倒れることはなかった。一進一退の攻防が続いたが、母親の不思議な力によって、上半身が不死身の体となったドゥルヨーダナをビーマが倒すことは不可能であった。そこで、クリシュナは、自らの太腿を指差し、ビーマにドゥルヨーダナの太腿を攻撃するように合図した。下半身への攻撃は戦いの掟に反することであったが、クリシュナの合図を理解し、ビーマはドゥルヨーダナの太腿を激しく何度も棍棒で殴った。ユディシュティラが賭けで負けた時、ドゥルヨーダナはドラウパディーに自分の太腿に座るように言ったため、ビーマはその太腿を打ち砕くことも誓っていた。ドゥルヨーダナはその攻撃を受けて倒れ、立ち上がることはできなかった。

カウラヴァ軍の中で生き残っていたアシュヴァッターマンが、倒れて動けないドゥルヨーダナのところにやって来て、仇を取ることを宣言した。夜になり、パーンダヴァ軍の陣営に忍び込み、ドラウパディーの兄と子供たちを殺した。ユディシュティラたちは、アシュヴァッターマンの計画を感じていたクリシュナの助言で、陣営にはいなかった。日没の後に、相手を襲うことは戦いの掟に反するが、今となっては、アシュヴァッターマンにとって、掟を守ることより、ドゥルヨーダナの仇を取ることの方がはるかに重要だった。ドラウパディーの兄と子供たちが殺されたことを知ると、ドゥルヨーダナは息を引き取った。

義兄と子供たちを殺されたユディシュティラたちは、アシュヴァッターマンを捜して、殺そうとした。見つけ出すと、アシュヴァッターマンは矢を放とうとした。その矢は「ブラフマ・アストラ」と呼ばれ、一矢で全世界を破滅させる最も恐ろしい武器だった。その矢はアルジュナも持っていて、アルジュナも放つ構えを見せた。もし、その矢が放たれてしまえば、全世界が破滅してしまう。その様子を見ていた聖者が二人に矢を放たないように頼んだ。アルジュナは素直に矢をおさめ、アシュヴァッターマンは仕方なく矢をおさめた。ユディシュティラたちに囲まれ、もうアシュヴァッターマンには戦う術がなくなり、敗北を認めた。敗北を認めた相手を殺すことはできない。そこで、クリシュナは、三千年の間病気に苦しむという呪いをアシュヴァッターマンにかけた。アシュヴァッターマンはその場を去り、森へ向かった。こうして十八日間の戦いは終わった(アシュヴァッターマンの名前は、『バガヴァッド・ギーター』の第一章に出てくる)。

パーンダヴァ軍とカウラヴァ軍の王位継承をめぐる戦いは、ユディシュティラたちとドゥルヨーダナたちの間の恨みと復讐だけでなく、ユディシュティラたちのビーシュマとドローナに対する尊敬も含み、避けられなかった戦いとして、それぞれが自らの義務を果たし、戦いは、クリシュナがついたパーンダヴァ軍の勝利に終わった。しかし、パーンダヴァ軍で生き残ったのは、クリシュナとユディシュティラたちだけだった。

ドリタラーシュトラとガーンダーリーはドゥルヨーダナを始めとする全ての息子を失い、悲しみの中にあったが、ユディシュティラたちを王宮に迎え入れた。しかし、ドリタラーシュトラはドゥルヨーダナを殺したビーマだけは許せなかった。挨拶で抱き合った時、殺そうと考えていたが、クリシュナはそのことを知っていて、代わりの人形を用意し、ビーマを助けた。ガーンダーリーはクリシュナを責めた。クリシュナであれば、戦いを止めることもできたのに、それをしなかったからである。そこで、ガーンダーリーは、三十六年後にクリシュナの国でも争いが起こり、クリシュナも死ぬという呪いをかけた。ガーンダーリーの呪いはその通りになり、クリシュナは猟師が間違えて放った矢によって、あっけない最期を迎えた。クリシュナは全てを知っていて、それを受け入れた。

クンティーはカルナの死を悲しみ、兄であったことをユディシュティラたちに教えた。ユディシュティラたちは、兄であることを知っていれば、戦わなかったと後悔した。ユディシュティラは悲しみのあまり、王宮を出て、森で生活しようとしたが、周りからは止められた。戦いは王族としての義務であり、その結果を受けて生きていかなければならないからである。そして、戦いが終わってから十三日後に、ユディシュティラはクル国の王位に就いた。

『マハーバーラタ』は親族間の王位継承を軸とする物語である。最終的には多くの犠牲を払い、戦いによって決着するが、それは王位継承を争った憎しみだけの戦いではなく、尊敬をも伴った義務としての戦いでもあった。戦いという場面で、人間の本質、行為の意味をクリシュナは『バガヴァッド・ギーター』によって説いた。

2　バラモン教とヒンドゥー教

インドの代表的な宗教はヒンドゥー教である。そして、ヒンドゥー教は古代のバラモン教を受け継ぎ、紀元前三、二世紀頃から変容してきた宗教である。両者を区別せずに、ヒンドゥー教として古代の宗教を含める場合もあるが、多くの点で、両者には違いがあるため、一般的にはヒンドゥー教とバラモン教という名称によって区別されている。これら二つの名称を使用して解説した方がわかりやすいため、本書でも、両者を区別する。

バラモン教とヒンドゥー教という名称は、それを信仰していた人たちがこう呼んでいたわけではなく、近代になって造語された英語の「ブラーフマニズム(Brahmanism)」と「ヒンドゥーイズム(Hinduism)」の翻訳で、研究上の便宜的な名称である。しかし、これらの名称は両者の違いを的確に表わしている。バラモン教の「バラモン」は宗教的指導者の階級を示し、ヒンドゥー教の「ヒンドゥー」はインドという地域を示す。つまり、バラモン教は一部の階級の人たちの宗教で、ヒンドゥー教はその地域に住む人たちの宗教ということができる。

以下では、『バガヴァッド・ギーター』の背景にあるバラモン教とヒンドゥー教について、聖典と神々を中心に解説し、『バガヴァッド・ギーター』の中でたびたび言及されるヨーガとカーストについても最後に解説する。

インダス文明とアーリヤ民族の侵入

バラモン教について解説する前に、時代を遡(さかのぼ)り、インダス文明とアーリヤ民族の侵入について解説する。

インドの歴史に関して知ることができるのは、インダス文明からである。紀元前二三〇〇〇年頃から前一八〇〇年頃が中心であったと推定されているが、その実態については、ほとんど知られていない。有名なモヘンジョ・ダーロやハラッパーの遺跡から、下水道等が発見され、衛生観念が高かったと思われるが、インダス文字が解読されていないため、インダス文明の特徴は明確には分からない。しかし、遺跡や遺品などから、母性崇拝・樹木崇拝・動物崇拝・性器崇拝を行っていたと推察される。また、沐浴に使用していたと思われる遺跡やヨーガ行者と思われる姿を刻印した印章も見つかっている。確かに、そこには「文明」と呼ばれるものが存在していた。

このようなインダス文明を形成していた担い手についても、確実なことは分かっていないが、ドラヴィダ民族の祖先であったとする説が有力である。ドラヴィダ民族とは、現在の南インドに多く住んでいる民族をいい、北インドに多く住んでいる民族とは体格や肌の色などに大きな違いがある。

インダス文明には多くの謎があり、滅亡原因も明確ではない。自然環境の変化、疫病の流行、他民族の侵略などが主張されているが、これらも推測の域をでるものではない。他民族の侵略に関しては、紀元前一五〇〇年頃、アーリヤ民族が西北インドに侵入し、遺跡の中からは、鋭い武器による傷跡が残る骨も発見されていることから、インダス文明の担い手たちは何らかの攻撃を受けたと推定することもできる。インダス文明の滅亡にアーリヤ民族が何らかの形で関与したのは間違いないが、おそらくそれは決定的な要因ではなく、すでにインダス文明には衰退の兆候があったと思われる。「アーリヤ民族」の「アーリヤ」とは「聖なる」や「高貴な」を意味し、もともとはカスピ海の北方周辺に住んでいた遊牧民で、一部はヨーロッパに、一部は西アジアに、そして、一部が西北インドに移住してきた。

後述するように、バラモン教の担い手はアーリヤ民族である。そして、既述のように、インダス文明の担い手はドラヴィダ民族であったと推測されている。つまり、バラモン教という形でインドの精神文化を形成していった担い手は、インド以外から移住してきたアーリヤ民族の末裔であり、インダス文明の担い手はバラモン教の担い手ではない。インダス文明の担い手が持っていたと思われる沐浴やヨーガなどの宗教的要素は、バラモン教では直接的に表面化することはなく、ヒンドゥー教で表面化することになる。

バラモン教の聖典

紀元前一五〇〇年頃に西北インドに侵入したアーリヤ民族は、徐々に東に進み、その末裔たちが紀元前一二〇〇年頃から前五〇〇年頃の間にバラモン教の聖典を編纂した。聖典に使用されている言語が他地域に侵入したアーリヤ民族の言語と類似していることから、バラモン教の担い手がアーリヤ民族であったことは間違いない。その聖典がインドの最古の文献、つまり、文字を通して知ることができるインドの人たちの最古の思想になる。そして、その聖典に基づく思想がインドの古代宗教として「バラモン教」と呼ばれている。

バラモン教の聖典は「ヴェーダ」と総称される。あくまでも総称であって、「ヴェーダ」と呼ばれる単独の聖典があるわけではない。「ヴェーダ」の語義は「知識」「学問」であるが、キリスト教の聖典である「バイブル」の語義が「書物」であることと比較すれば、バラモン教では知識を重視していたということが、聖典の名称からも知ることができる。

聖典は絶対的に正しく、権威がある。開祖がいる宗教であれば、聖典は開祖の教えであることで権威の根拠になるが、バラモン教には開祖がいないため、「ヴェーダ」の権威の根拠が問題になってくる。そこで参考になるのが、「ヴェーダ」の別名である天啓聖典（シュルティ）である。天啓聖典は文字通り「天から啓示を受けたもの」という意味で、作者は人間ではない。作者が人間であれば、その内容に間違いもあるが、人間が作者ではないのだから間違いはないという発想である。そして、作者は人間ではないのだから、その内容は人間には考えつかないものであり、他からは獲得できない知識が書かれていると見なされた。

「ヴェーダ」の種類

「ヴェーダ」という総称は、広い意味と狭い意味で使われている。広い意味で使われる場合は、「サンヒター」、「ブラーフマナ」、「アーラニヤカ」、「ウパニシャッド」の四つを示し、狭い意味で使われる場合は、これらの中の「サンヒター」だけで、『リグ・ヴェーダ』、『サーマ・ヴェーダ』、『ヤジュル・ヴェーダ』、『アタルヴァ・ヴェーダ』の四つになる。『リグ・ヴェーダ』が最も古く、紀元前一二〇〇年頃から前一〇〇〇年頃に編纂されたとされる。

「サンヒター」は「ヴェーダ」の中心である。バラモン教は基本的に祭式の宗教で、『アタルヴァ・ヴェーダ』を除く三つの「サンヒター」の内容は祭式に関係している。『リグ・ヴェーダ』は祭式を行う祭場に神々を招き、神々を称讃(しょうさん)する韻文の詩を集めたもので、バラモン教の神々は『リグ・ヴェーダ』の中に出てくる。『サーマ・ヴェーダ』は『リグ・ヴェーダ』に含まれる詩を旋律によって歌いあげるためのものである。いわば楽譜のようなもので、インド音楽の起源であると言われている。次の『ヤジュル・ヴェーダ』は祭式の執行に関するもので、神々に捧げる供物等を調理する場合に使用される。一方、『アタルヴァ・ヴェーダ』は国の繁栄、息子の獲得、病気の治癒などに関する呪文を集めたものである。

広い意味でのヴェーダに含まれる「ブラーフマナ」は散文で書かれ、祭式の起源や規定や目的などを説明している。「アーラニヤカ」は「森林書」と訳されるように、人里はなれた森林で用いられるもので、神秘的な教えや祭式について述べている。最後の「ウパニシャッド」は宗教的な文献というよりは、哲学的な文献で、知識を重視する傾向が強い。

バラモン教の神々

バラモン教では、多くの神々が讃えられているが、最高神は立てられず、神々の関係が明確ではないために、体系的にバラモン教の神々を理解することは困難である。しかし、自然界の構成要素（太陽や川など）や現象（雷や風など）を起源として神格化された神々が多いことから、ここでは便宜的に、天空の神々（太陽など）、中空の神々（雷や風など）、地上の神々（川など）、そして、その他の神々という分類によって、代表的な神々を解説する。

①天空の神々

天空の神々としては、太陽を起源とするスーリヤ、太陽の光を起源とするヴィシュヌなどがいる。太陽に関係する神々は他にもいるが、スーリヤがそれらの神々を代表する。ヴィシュヌは、ヒンドゥー教になると重要な神になるが、バラモン教での重要性は低い。スーリヤは次のように讃えられている。

> 動くものと動かないものの力として、スーリヤは天界と地界と中空界に遍満している。スーリヤは、若い男が若い女の後を追いかけるように、光り輝く女神であるウシャスの後を追いかける。（中略）スーリヤの栗毛の髪は、幸福をもたらし、多様に光り輝き、足が速く、歓声によって迎えられ、恭しく天に昇る。スーリヤは一日で天と地を駆け回る。（『リグ・ヴェーダ』一・一一五・一－三）

「動くもの」は動物で、「動かないもの」は植物のことである。「ウシャス」とは太陽が昇ってくる前に空に現われる暁光を示し、女神として神格化されている。「栗毛の髪」とは、太陽を描く場合に円の周囲に描かれるものを示している。「天と地を駆け回る」という点から、スーリヤの彫像や絵図は七頭の馬に牽かれた馬車に乗っている。

②中空の神々

中空の神々には、雷を起源とするインドラ、風を起源とするヴァーユ、暴風を起源とするルドラなどがいる。インドラは雷を起源とし、ヒンドゥー教になると雨をもたらす神となるが、バラモン教では雷との関係は薄れ、アーリヤ民族の兵士を体現し、敵や悪魔と戦う神になる。最高神ではないが、『リグ・ヴェーダ』の約四分の一の讃歌がインドラに捧げられ、バラモン教で最も称讃された代表的な神であり、「神々の王」と呼ばれている。漢訳されると帝釈天となり、仏教のさまざまな場面に登場することからも、その影響力を知ることができる。暴風を起源とするルドラは、ヒンドゥー教になるとシヴァと名前を変え、重要な神になるが、ヴィシュヌと同じように、バラモン教での重要性は低い。インドラは次のように讃えられている。

インドラよ、全ての神々と天地は、悪竜を殺すために、偉大で、強く、優秀なお前を唯一の者に選んだ。神々は、年老いた者のように、力を失った。インドラよ、お前は真実を起源とする、唯一の王である。水を囲む悪竜を殺し、一切に恵

みを与える川を切り開いた。（『リグ・ヴェーダ』四・一九・一－二）

③地上の神々

地上の神々には、水を起源とするヴァルナ、川を起源とするサラスヴァティー、大地を起源とするプリティヴィーなどがいる。ヴァルナは水に関係し、ヒンドゥー教になると海の神となるが、バラモン教では水との関係は薄れ、規則や秩序を守り、それを破った者を裁く神になる。人格化された彫像では、規則や秩序を破った者を捕らえ、裁くための縄を手にしていることが多い。サラスヴァティーとプリティヴィーは女神である。ヴァルナは次のように讃えられている。

ヴァルナよ、われわれから恐怖を遠ざけて下さい。自然界の規則を守る者よ。われわれを守って下さい。子牛から縄を解く(ほど)ように、われわれから災厄を解いて下さい。あなたなしでわれわれは瞬き(まばた)もできません。あなたが罪を犯した者を求めた時、武器によって殺さないで下さい。（『リグ・ヴェーダ』二・二八・六－七）

④その他の神々

その他としては、火を起源とするアグニ、死を起源とするヤマなどがいる。アグニは、天空では太陽、中空では電光、地上では祭火とされるが、祭火という面が強く、祭式に関係する神として、ここでは地上の神ではなく、その他の神々に分類した。バラモン教の代表的な祭式はホーマと呼ばれ、レンガで囲んだ祭壇の中で火を焚き、その中に牛乳やバターなどを捧げるが、その火がアグニである。ホーマの漢訳は護摩である。アグニへの讃歌は『リグ・ヴェーダ』の五分の一を占め、バラモン教ではインドラに次いで崇拝された神であった。ヤマは語源的には「制御」を意味するが、死を起源としている。死の神になるが、本来は死の世界を支配する神で、最初に死んだ人間であるとされる。後になると、死をもたらし、死んだ人間を裁く王になるが、バラモン教にはそのような要素はない。漢訳されると閻魔になる。アグニは次のように讃えられている。

老いることのないアグニは、自分の食物を手に入れ、食べようとして草むらの中に立っている。背中にはバターが注がれ、牡馬のように光り輝いている。（中略）アグニは風に吹かれて、鎌のような舌によって、激しく叫びながら、草むらの上に拡がる。アグニよ、お前が牡牛のように樹木を襲うと、お前の通った道は黒くなる。炎の歯をもつアグニは、風に吹かれて、家畜の中で勝ち誇った牡牛のように、林に風を吹きかける。その時、動かないものと動くもの、鳥たちも恐れる。（『リグ・ヴェーダ』一・五八・二―五）

バラモン教の多くの神々の中で、最高神とされる神はいないが、『リグ・ヴェーダ』の中で捧げられた讃歌の数から判断すれば、最も代表的な神はインドラになり、スーリヤ、インドラ、アグニを三大神と考えることもできる。

『リグ・ヴェーダ』の根源的原理

『リグ・ヴェーダ』は約二百年の時間をかけて編纂されたと考えられ、その多くは神々に対する讃歌であるが、神々に対する疑問が「神はどこにいるのか」（『リグ・ヴェーダ』二・一二・五）とも述べられている。この疑問は神々の存在を否定することにはならず、神々を超越した根源的原理を追求するという哲学的な思索へと発展していった。神々は自然界の構成要素や現象を起源としているが、それらは、例えば、太陽は朝に昇り夕方には沈むように、少なくとも眼で捉(とら)える限り、永遠の存在ではない。

従って、永遠の存在を求め、根源的原理を追求するようになったのである。このようにして芽生えた根源的原理を追求する思索は「帰一思想」と呼ばれ、世界原理を追求する側面ももつことになる。インドの思想は一元論が主流になっていくが、その萌芽は『リグ・ヴェーダ』にある。そして、根源的原理や世界原理の追求は、世界の創造神話の中に現われ、「プルシャの讃歌」として、次のような世界の創造が述べられる。

プルシャには千の頭と千の眼と千の足がある。プルシャは一切の方角から大地を覆っても、それより十指の高さがある。プルシャは過去と未来の一切であり、神々も人間も生物も支配する。（中略）神々がプルシャを供物にして祭式を実行した時、春はバターであり、夏は薪であり、秋は供物であった。（中略）神々がプルシャを分けた時、プルシャはいくつの部分に分かれたのか。プルシャの口は何になったのか。プルシャの腕は何になったのか。腿は何になったのか。足は何になったのか。口からバラモンが生じた。腕からクシャトリヤが生じた。腿からヴァイシャが生じた。足からシュードラが生じた。心臓から月が生じた。眼から太陽が生じた。口からインドラとアグニが生じた。呼吸から風が生じた。臍から中空界が生じた。頭から天界が生じた。両足から地界が生じた。耳から方角（場

所）が生じた。このようにして、神々は世界を創造した。（『リグ・ヴェーダ』一〇・九〇・一－一四）

ここでは、神々が世界を創造したと述べられているが、その方法はプルシャを祭式の供物（犠牲）として、プルシャのさまざまな部分から世界が生じてきたとするものである。プルシャは、一般には「人間」を意味する。ただし、冒頭に「プルシャには千の頭と千の眼と千の足がある」と述べられていることから分かるように、単なる人間ではなく、巨大な人間であり、このような神話は「巨人解体神話」と呼ばれる。そして、最も重要なのは「プルシャが神々も支配する」と述べられている点で、神々を超越する原理を求める傾向がここにうかがわれる。ちなみに、バラモン、クシャトリヤ、ヴァイシャ、シュードラは、インドの身分制度であるカーストの四身分で、ここにその成立の神話的起源が述べられている。

さらに、「ナーサディーヤ讃歌」として、世界の創造が次のように述べられている。

その（世界の初めの）時、無もなかった。有もなかった。中空界もなかった。天界もなかった。誰に護（まも）られて、どこで、何が活動を開始したのか。深く、計ることのできない水は存在したのか。その（世界の初めの）時、死もなかった。不死もなかった。夜と昼もなかった。自らの力によって、あの唯一物は、風もなく呼吸していた。あの唯一物より他には、何も存在していなかった。世界の初めに、暗闇は暗闇に覆われていた。一切は水であった。何もない中で、あの唯一物は、活動を開始し、熱の力によって誕生した。最初に、意欲があの唯一物に現われた。意欲は思考の起源であった。（中略）世界はどこから生じ、どこから来たのか。誰がそれを正しく知っているのか。誰がここでそれを述べることができるのか。神々はこの世界の創造より後である。従って、世界がどのようにして生じたのかを誰が知っているというのか。一体、世界はどこから生じたのか。誰が世界を創造したのか。あるいは、誰も世界を創造しなかったのか。最高天にいて、この世界を監視しているものだけがそれを知っている。あるいは、その者さえも知らない。（『リグ・ヴェーダ』一〇・一二九）

「ナーサディーヤ」は、冒頭の「無もなかった」という意味である。この讃歌の内容は決して分かりやすいものではないが、最も重要なのは、「あの唯一物」が言及されている点である。「唯一物」と呼ばれていることからも分かるように、一元論的思想が明確なかたちで現われ、しかも、人格的ではない原理として現われている。さらに、「神々はこの世界の創造より後である」と述べられていることから、「あの唯一物」は神々を超越した原理であることが分かる。根源的原理を追求するこのような思索は、次の「ブラーフマナ」に引き継がれ、「ウパニシャッド」で結実する。

「ブラーフマナ」の思想

「ブラーフマナ」は、祭式の起源や規定や目的などの説明を主とする一群の聖典の総称で、最も重要なのは『シャタパタ・ブラーフマナ』である。その中で、バラモンという階級に関して、興味深いことが述べられている。バラモン教は祭式を中心とする宗教で、祭式は目的を成就するための手段に過ぎない。しかし、「ブラーフマナ」においては祭式の権威が高まり、祭式は単なる手段ではなく、それ自体が力をもち、降雨などの自然現象や人間の営みを支配するだけでなく、祭式で讃えられる神々さえも支配するとまで考えられるようになった。「祭式万能主義」、「祭式至上主義」と呼ばれる祭式観である。その祭式を執行できるのはバラモンだけであって、どんな目的で、どんな神に、どんな供物を捧げるのか、その手順を知っているのはバラモンだけである。祭式の権威が高まれば、バラモンの権威も高まる結果になり、バラモンは祭式を通して神々に仕える者ではなく、神々を支配する者とまで考えられるようになった。「ブラーフマナ」には、「二種類の神がいる。一つは、神である神である。もう一つは、知識があり、ヴェーダに精通しているバラモンである人間の神である」（『シャタパタ・ブラーフマナ』二・二・二・六）とまで述べられている。「神である神」とは、本来の神であり、スーリヤやインドラやアグニなどの神である。それだけでなく、バラモンも神であると見なされているのである。

一方、『リグ・ヴェーダ』の「帰一思想」の流れを受け継ぎ、『シャタパタ・ブラーフマナ』でも、以下の世界の創造神話の中で、根源的原理を追求している。

世界の初めに、世界は水だけであった。そして、水は「どのようにして増えようか」と考えた。水は努力し、苦行し、熱を持った。水が苦行して、熱を持った時、黄金の卵が生じた。その時、歳月はまだなかった。一年の間、この黄金の卵は水の上に浮かんでいた。一年後、黄金の卵から男の子であるプラジャーパティ（生き物の主）が生まれた。プラジャーパティは一年後に生まれたから、女性、牝牛（めうし）、牝馬（ひんば）は、一年後に子供を産む。プラジャーパティは黄金の卵を割ったが、安定できる場所がなかった。従って、黄金の卵だけが彼を支え、一年の間、水の上に浮いていた。一年後、プラジャーパティは言葉を発した。「ブール」と言うと大地になった。「ブヴァス」と言うと中空界になった。「スヴァル」と言うと天界になった。従って、子供は一年後に言葉を発する。プラジャーパティが一年後に言葉を発したからである。(『シャタパタ・ブラーフマナ』一一・一・六)

この世界の創造神話には、水→黄金の卵→プラジャーパティ→世界(大地など)の生起という順番が読み取れる。プラジャーパティが言葉を発すると、世界が生起してきたと述べられているが、根源的原理として水が考えられている点は興味深い。

さらに、「ブラーフマナ」では、来世観も述べられている。『リグ・ヴェーダ』では、人間は死後、死の神であるヤマの世界に行き、祖先たちと再会できると考えられていたが、決してその世界は恐ろしい世界ではなく、ある意味で楽しい世界であった。「ブラーフマナ」の来世観も基本的に同じであるが、「再死」という考えが述べられている。再死とは、死後、再び死ぬことであり、この再死を恐れ、再死を免れようとしていた。つまり、この世で死ぬだけではなく、あの世でも死んでしまうと考えたのである。あの世で死んだ後にどこへ行くのかは述べられていないが、輪廻(りんね)という考えが生まれる一つの要因にはなったと思われる。

「ウパニシャッド」

「ウパニシャッド」の語義は「近くに坐ること」であるが、特に限定して「弟子が師の近くに坐ること」を意味すると解釈され、さらに離れている弟子ではなく、近くに坐る弟子に師が伝える内容という点から、「秘密の教え」を意味すると飛躍的に解釈される。一方、「ウパニシャッド」は「ヴェーダーンタ」と呼ばれることがある。「ヴェーダーンタ」は「ヴェーダ」と「アンタ」という二つの語から構成される複合語で、「アンタ」は「終わり」を意味するので、「ヴェーダーンタ」は「ヴェーダの終わり」という意味になる。「ウパニシャッド」は、広い意味での「ヴェーダ」の中で、紀元前八〇〇年頃から前五〇〇年頃に編纂された最後の聖典であるから、時間的な意味で「ヴェーダの終わり」と解釈される。しかし、「アンタ」には「結論」という意味もあり、この場合は「ヴェーダの結論」という意味になる。つまり、「ウパニシャッド」は単に最後に編纂されたというだけではなく、「ヴェーダ」の結論が述べられているとも解釈されるのである。

「ヴェーダ」の内容は、ほとんどが祭式や神々に関するものである。しかし、「ウパニシャッド」では、祭式や神々に関する内容は少なくなり、哲学的な内容が多くなってくる。『リグ・ヴェーダ』の中で矛盾するようなかたちで芽生えた根源的原理を追求する思想が、「ウパニシャッド」の中心的な内容になってくる。そして、王族であるクシャトリヤが登場し、時にはバラモンを圧倒し、バラモンに教えを説くことさえある。「ブラーフマナ」の時代に見られた祭式万能主義や祭式至上主義の傾向は弱まり、祭式以外に関心が向けられるようになった。それが根源的原理の徹底的な追求であり、知識が重要視されるようになった。

「ウパニシャッド」は一群の聖典を示し、『ブリハッド・アーラニヤカ・ウパニシャッド』などがある。それらの中で追求される根源的原理は、風、水、呼吸などの名称で述べられるが、最終的にはブラフマンとアートマンという名称で呼ばれることになった。このブラフマンとアートマンを根源的原理としたことこそが、「ヴェーダの結論」と考えられる。

根源的原理の追求は、人間を取り囲む外の世界と人間の内に向かい、外の世界の根源的原理がブラフマンで、人間の内の原理がアートマンである。しかし、「ウパニシャッド」では、ブラフマンとアートマンは同一であるとされた。

ブラフマン

「ブラフマン」の語義について明確なことは分かっていないが、もともとは祭式の時に唱えられる神々への祈禱の言葉を示していたと考えられている。そして、祭式万能主義の傾向が強くなってくると、本来は神々への願いであった祈禱の言葉が神々を支配する力を持つと考えられるようになり、根源的原理を示すようになったとされる。一方、後世の哲学者たちが与える語源解釈によれば、「拡がるもの」、「遍満するもの」という意味であるとされる。ブラフマンの漢訳は梵である。

ブラフマンを理解するのは容易ではなく、ほとんど不可能に近い。しかし、確認しておかなければならないのは、人格化された神々とは異なり、神々の根底にある中性原理であるという点である。サンスクリット語の名詞には男性名詞と女性名詞と中性名詞があるが、ブラフマンは中性名詞である。さらに、ブラフマンには色もかたちもなく、眼などの感官によっては捉えることができない抽象的原理である。「ウパニシャッド」自体の中に、「ブラフマンは、眼で見ることができず、身体をもたず、表現されることがない」（『タイッティリーヤ・ウパニシャッド』二・七・一）と述べられている通りである。

このようなブラフマンについては、「すでに知られているものとは異なり、未だ知られていないものを超越している」（『ケーナ・ウパニシャッド』一・四）とも述べられ、ほとんど知ることができないように思われる。しかし、「ブラフマンは、直接的であって、間接的ではない」（『ブリハッド・アーラニヤカ・ウパニシャッド』三・四・一）という一文は、ブラフマンを知る方法を暗示している。この文の意図するところは、感官や言葉などを介して、ブラフマンは、直接的に知られ、間接的には知られない」であって、直接的に、換言すれば、「ブラフマンは、直接的に知られ、間接的にブラフマンは知られるのではなく、直感的に知られるということである。「知られる」というよりも、「感じられる」と言った方が適切であるかも知れない。ブラフマンの存在は論証することはできない。しかし、それでも、ブラフマンは存在し、存在しなければならない。そして、ブラフマンは直感的に感じられるものである。

言葉によっては表現されないものと分かっていながらも、「ウパニシャッド」は、「ブラフマンには、内もなく、外もない」（『ブリハッド・アーラニヤカ・ウパニシャッド』二・五・一九）、「ブラフマンは粗大でもなく、微細でもない」（同、三・八・八）、「ブラフマンは、呼吸をもたず、心をもたない」（『ムンダカ・ウパニシャッド』二・一・二）などとブラフマンを説明している。一見すれば、言葉の遊びのようにも思えるが、言葉の限界を感じても、逆説的方法と否定的方法によって説明しようとする意図が読み取れる。逆接的方法とは、「内もなく、外もない」、「粗大でもなく、微細でもない」というように、二つの対立概念を共有させる方法である。「内がない」と言えば、外はあるはずだが、「外もない」とも説明する。否定的方法とは、「呼吸をもたない」、「心をもたない」というように、否定的に説明する方法である。「ブラフマンは〜である」というように、肯定的に説明すれば、理解できると思われるが、あえてこの説明方法を取らない。逆説的方法と否定的方法によって、ブラフマンを知ることができるわけではないが、直感的に感じるための手がかりにはなる。このような方法は、アートマンを説明する際にも見られる。

アートマン

「アートマン」という語は、もともとは「呼吸」を意味していた。呼吸は生命の徴表であり、身体が動かず、感官がはたらいていない時であっても、呼吸があることによって生命は存続する。従って、呼吸は生命の原理と見なされるようになり、そこから人間の根源的原理になったのである。アートマンは魂の概念を含んでいるが、魂と同じではない。仏教では「我」と漢訳され、「無我」はアートマンを否定する考えである。

アートマンが人間の根源的原理であるということは、「私」という言葉が示しているものとして考えることができる。「私」という言葉は、身体や心を示して使用されることがあるが、少し考えてみれば、必ずしもそうではない。例えば、自分を名乗って「私は田中太郎である」と言うが、この「私」は身体や心ではなく、それらとは違ったものになる。それが根源的原理であり、アートマンである。このことは「ウパニシャッド」の中で、「アートマンは眼では見られない視覚の主体である。アートマンは耳では聞こえない聴覚の主体である」（『ブリハッド・アーラニヤカ・ウパニシャッド』三・七・二三）と述べられていることからも分かる。「私は見る」、「私は聞く」と言うが、その「私」とは何で、何が見て、何が聞いているのかという問題である。身体や心が見たり、聞いたりしているわけではない。眼が見て、耳が聞くと一般的には考えられるが、眼は見るための道具のようなものであり、眼が見ているわけではない、耳も聞くための道具のようなものであり、耳が聞いているわけではない。身体や心、眼や耳とは異なるアートマンが見て、聞いているのである。

そのアートマンがどのようなものであるかについては、ブラフマンの説明で見られた否定的方法と逆説的方法によって説明する。「アートマンは『そうではない』、『そうではない』』と言われるだけである」（『ブリハッド・アーラニヤカ・ウパニシャッド』三・九・二六）、「アートマンは動き、動かない。アートマンは遠くにあり、近くにある。アートマンは全てのものの内にあり、全てのものの外にある」（『イーシャ・ウパニシャッド』五）と述べられている。「そうではない」は特に有名なアートマンの説明で、「アートマンは～である」と言うことはできず、「アートマンは身体ではない」、「アートマンは心ではない」などと言われるにすぎない。明確にアートマンを説明できなくても、存在しないわけではなく、アートマンは存在し、存在しなければならないのである。

アートマンは人間の根源的原理というだけでなく、人間の永遠不変の本質であり、全てのものごとの本質も意味することになった。「ウパニシャッド」では、「アートマンは全てのものの中にあって、全てのものとは異なる」（『ブリハッド・アーラニヤカ・ウパニシャッド』三・七・一五）と述べられている。そして、アートマンが全てのものごとの本質であることから、「アートマンが見られ、聞かれ、思考され、知られると、この世の全てのものが知られる」（『ブリハッド・アーラニヤカ・ウパニシャッド』四・五・六）とまで述べられる。全てのものを知りたいと思っても、全てのものを知ることはできない。しかし、全てのものの本質を知ることができれば、それによって全てのものを知ることができる。アートマンという根源的原理は、このようなものとして考えられたのである。

ブラフマンとアートマンの同一

ブラフマンは外の世界の根源的原理で、アートマンは人間の内なる根源的原理である。しかし、これら二つは同一であるとされる。いわゆる「梵我一如」である。『ウパニシャッド』は根源的原理を追求しただけではなかった。

二つの根源的原理を同じものと考えたのも、直感的なひらめきによるものと思われるが、『リグ・ヴェーダ』の「プルシャの讃歌」に見られるように、世界と人間の構成要素を対応させる発想が背景にあるかも知れない。つまり、太陽と眼、月と心臓、風と呼吸、火と喉(のど)、方角と耳、大地と身体、木と髪の毛、草と体毛、水と血という対応である。そして、これらの対応は、人間が死んだ後、人間を構成していた眼などの部分が世界を構成する太陽などの要素に還元するとも考えられている。このような発想が背景にあったとしても、ブラフマンとアートマンの同一は、二つの内容を別々に考察し、同一であるという結論が導かれたのではなく、直感的なひらめきであったとしか説明できないだろう。

ブラフマンとアートマンの同一は「私はブラフマンである」(『ブリハッド・アーラニヤカ・ウパニシャッド』一・四・一〇など)と「お前はそれである」(『チャーンドーギヤ・ウパニシャッド』六・八・七など)という短い文章で述べられ、「ウパニシャッド」

の「二大文章」と呼ばれている。「私」と「お前」はアートマンで、「それ」はブラフマンになる。これら二つの短い文章が「ウパニシャッド」の思想を端的に表わし、後代の哲学者たちは、ブラフマンとアートマン、そして両者の同一についてさまざまな解釈を加えることになる。

以上のようなバラモン教は時代とともにインド各地に伝播（でんぱ）したが、都市社会が成立し、商工業が発展する中で、さまざまな要素を取り入れ、紀元前三世紀頃から、その内容は変容するようになった。その変容を一言で言えば「大衆化」ということになるが、バラモン教は特定の人たちの考えを中心にした宗教であったのに対して、変容した宗教は全ての人たちの宗教になった。その大衆的に変容した宗教が「ヒンドゥー教」と呼ばれる。

ヒンドゥー教では、バラモン教の聖典や神々を否定するわけではないが、新しい聖典が成立し、新しい神々が立てられ、新しい聖典や神々が重要視されるようになった。祭式についても、バラモン教では、バターや神酒などの高価な供物を火の中に投じるホーマが代表的なもので、それを執行できるのはバラモンだけであったが、ヒンドゥー教になると、水や花などの安価な供物を神像の前に自分で供えるプージャーというものが行われるようになった。
以下では、大衆的になったヒンドゥー教の聖典と神々について解説する。

ヒンドゥー教の聖典

バラモン教の聖典は「ヴェーダ」で、天啓聖典（シュルティ）という別名も持っている。天啓聖典という名前に対応して、ヒンドゥー教の聖典は伝承聖典（スムリティ）と呼ばれる。伝承聖典とは、文字通り「伝えられた聖典」という意味であるが、重要なのは、天啓聖典の作者が人間ではないのに対して、伝承聖典の作者は、伝説上であっても人間であるという点である。その内容も神々への讃歌や祭式に関係するものは少なくなり、神々や英雄の物語が多くなってくる。その中で語られる処世訓はヒンドゥー教徒の生き方や考え方に大きな指針を与えている。ヒンドゥー教になっても、天啓聖典の権威は変わらないが、新たに成立した伝承聖典が重要視される。

ヒンドゥー教の聖典の数は多いが、代表的なものは二大叙事詩と言われる『ラーマーヤナ』と『マハーバーラタ』である。そして、最も代表的な聖典は『マハーバーラタ』に含まれる『バガヴァッド・ギーター』である。さらに、二大叙事詩とは内容が大きく異なるが、『マヌ・スムリティ』も重要な聖典である。

『ラーマーヤナ』は「ラーマの行状記」という意味で、紀元前六世紀から前四世紀の頃から徐々にまとめられ、現在に伝わる内容は三世紀頃に成立したと考えられている。伝説上の作者はヴァールミーキで、全七巻二万四千の二行詩で構成されている。物語の大筋は次の通りである。

コーサラ国の王であるダシャラタには三人の王妃がいて、第一王妃との間にはラーマ、第二王妃との間にはバラタ、第三王妃との間にはラクシュマナとシャトルグナという息子がいた。ダシャラタ王は、ミティラー国王の娘のシーターと結婚したラーマに王位を継承させようとしたが、バラタの母親の策略で、バラタに王位を継承させ、ラーマを十四年間森に追放することを承諾してしまった。しかし、バラタは王に相応しいのはラーマであると考え、ラーマを王に迎えようとしたが、ラーマが拒否したため、やむを得ず、ラーマの代わりにバラタが国を治めることにした。

ラーマがシーターとラクシュマナと一緒に国を出て、森で暮らしていた時、ランカー島（現在のスリランカ）の魔王ラーヴァナの妹の耳と鼻を切り落とした。その復讐のために、ラーヴァナは、ラーマとラクシュマナを騙し、シーターを略奪し、ランカー島に連れ去った。それを知ったラーマとラクシュマナは、猿族のハヌマーンたちの力を借りてランカー島に渡り、ラーヴァナを倒し、シーターを救出した。そして、ラーマは国に戻り、王位に就いた。

ラーマは実在したとされる人間で、魔王のラーヴァナを制裁するために、ヴィシュヌ神の七番目の化身として、現在のウッタルプラデーシュ州のアヨーディヤーという町に生まれたとされる。現在、ラーマがラーヴァナを制裁した日はダシャーラー祭として、ラーマがアヨーディヤーに帰還した日はディーワーリー祭として祝われている。

『マハーバーラタ』は「偉大なインド」を意味し、紀元前一〇世紀頃に実際あったとされる戦争を題材として、現在に伝わる内容は四世紀頃までにまとまったと言われている。伝説的な作者はヴィヤーサで、全十八巻十万の二行詩から構成されている膨大な量の叙事詩である。物語の骨子は王位継承をめぐる親族間の争いと戦いであるが、その部分は全体の五分の一で、その間に、神話・伝説・処世訓・哲学等を含み、『マハーバーラタ』の中に書かれていないものは何もない」とまで言われ、ヒンドゥー教においては、「百科全書」的な意味を持っている。そして、挿入話として『ナラ王物語』や『サーヴィトリー物語』や『バガヴァッド・ギーター』等がある（『マハーバーラタ』の概要については、訳者解説の「1 『マハーバーラタ』の概要」を参照)。
『マヌ・スムリティ』は、紀元前二世紀から紀元後二世紀までの間に現在のかたちにまとめられたと考えられている。「マヌ」はもともとは「人間」を意味するが、「最初の人間」を意味し、この聖典の伝説上の作者であるとされる。『マヌ法典』とも呼ばれ、神々や英雄が登場する物語ではなく、二大叙事詩とは内容が大きく異なっている。社会制度や生き方や刑罰などについて、バラモン(宗教的指導者)の生き方、クシャトリヤ(王族)の生き方、ヴァイシャ(庶民)の生き方、シュードラ(奉仕者)の生き方、家長の生き方、女性の生き方、老後の生き方、結婚や相続や裁判手続きなどを詳しく規定している。

ヒンドゥー教の聖典は大衆的という面を持っているが、『マヌ・スムリティ』に関してはそのような面は全くない。二大叙事詩の内容を知らないヒンドゥー教徒はいないが、『マヌ・スムリティ』の内容を知らないヒンドゥー教徒はいる。そこで述べられているのは、バラモンを頂点とするカーストを基礎とし、バラモンが理想とする社会の在り方であり、人間の生き方である。しかし、それがインドの社会や人間を規定してきたことは事実で、二大叙事詩とは異なる重要性が『マヌ・スムリティ』にはある。

ヒンドゥー教の神々

ヒンドゥー教はバラモン教の神々を継承するものの、それらの神々には伝播した地域の要素が取り込まれた。さらに、新たな神々も立てられ、それらの神々の起源は、バラモン教の多くの神々の起源であった自然現象や構成要素ではなく、伝説上の人間や動物などが多くなった。継承されたバラモン教の神々の一部は地位が低下し、一部は地位が上昇した。さらに、ヒンドゥー教の神々は体系化され、神々の関係が明確になった。三大神を中心として、他のほとんどの神々は家族や化身というかたちで、三大神のいずれかに関係する。

ヒンドゥー教の三大神は、ブラフマー、ヴィシュヌ、シヴァである。バラモン教では、スーリヤ、インドラ、アグニを三大神と考えることもできたが、ヒンドゥー教では、明確にこれらの三大神が立てられる。そして、三大神は聖音「オーム（om）」によって象徴されるともいう。「オーム」という音は「ア（a）」と「ウ（u）」と「ム（m）」という三つの音に分解されるが、それぞれの音が三大神のそれぞれに対応していると解釈されるのである。「オーム」という音を唱えるだけで、三大神の名前が唱えられることになる。以下では、三大神とそれぞれに関係する代表的な神々について解説する。

①ブラフマー系の神々

ブラフマー系の神々としては、ブラフマーの他に配偶神であるサラスヴァティーとガーヤトリーがいる。

ブラフマーは、「ウパニシャッド」で世界の根源的原理とされたブラフマンを神格化した神である。ブラフマンは神ではなく、この原理を神格化・人格化するとブラフマーになる。漢訳では、ブラフマンは梵、ブラフマーは梵天になる。ブラフマーの起源となったブラフマンは世界の根源的原理であるから、三大神の中で、ブラフマーは世界を創造する役割を担う。

ブラフマーは三大神の一角を占めながらも、人々の信仰を集めることは少なく、ブラフマーを祀った寺院もほとんどない。ヒンドゥー教の三大宗派はヴィシュヌ派、シヴァ派、女神を信仰するシャクティ派であり、ブラフマー派は含まれていない点からも、信仰する人々が少ないことが分かる。その理由としては、役割が世界の創造であるために、世界を創造し終えた後では信仰する動機がないとも言われるが、それ以上に重要な理由は、ブラフマーの起源がブラフマンという根源的原理にある点である。

人々は神をイメージして信仰する。太陽を起源とするスーリヤであれば、イメージするのは難しくない。しかし、ブラフマーの場合は起源が根源的原理であるために、イメージするのは非常に難しい。ブラフマーがどのような神であるかを具体的にイメージし、理解できないのである。人々の信仰を集めることが少ないブラフマーではあるが、ヒンドゥー教の神話の中では、権威ある神として登場し、しばしば重要な役割が与えられている。四つの顔を持ち、絵図では白髪の老人として描かれる。

ブラフマーの配偶神となったサラスヴァティーは、バラモン教では川の女神であった。バラモン教ではそれほど重要な女神ではなかったが、ヒンドゥー教では多くの信仰を集め、地位が上昇した。起源となった川との関係は不明であるが、現代ヒンディー語の字体であるデーヴァナーガリー文字の発明者であるとされ、学問・文学・芸術の女神となった。ヴィーナーという楽器を持ち、絵図では背景に川が描かれることが多い。日本には「弁才天（べんざいてん）」という名称で取り入れられた。

ガーヤトリーは韻律名を起源とする女神である。『リグ・ヴェーダ』は散文でなく、韻文で書かれているが、その韻律にはいくつかの種類があり、その中で最も代表的な韻律がガーヤトリーである。それほど崇拝されている女神ではないが、この女神の名前を付けた呪文の「ガーヤトリー・マントラ」は、呪文の中で最も有名である。

②ヴィシュヌ系の神々

ヴィシュヌ系の代表的な神々としては、ヴィシュヌの他に配偶神のラクシュミー、化身のラーマとクリシュナ、そして、ラーマの熱心な信者であるハヌマーンがいる。

ヴィシュヌは、太陽の光を起源とする神として、『リグ・ヴェーダ』の中で讃歌が捧げられていたが、それほど有力な神であったわけではなく、ヒンドゥー教の時代になってから多くの崇拝を集めるようになり、三大神の一角を占めるようになった。起源が太陽の光であることから、三大神の中では、世界の維持という役割を担っている。四本の腕があり、円盤、法螺貝、棍棒、蓮の花を持っている。

ラクシュミーは、財宝・幸福・美の女神として多くの崇拝を集めている。もともとは南インドの穀物の女神であったものが、二大叙事詩の時代になってヴィシュヌの配偶神にされたと考えられている。形態としては、蓮華の上に立つ姿が最も一般的で、四つある手には蓮の花や法螺貝等をもち、右下手からは金貨がこぼれ落ちている。ラクシュミーは吉祥天と漢訳され、日本の文化にも取り入れられた。

ヴィシュヌ系の神々の中で、最も重要なのはヴィシュヌの化身である。化身という考え方は他の神にもみられないわけではないが、ヒンドゥー教で化身といえば、ヴィシュヌの化身である。魚、亀、猪、ナラシンハ（人獅子）、ヴァーマナ（小さなバラモン）、パラシュラーマ（斧をもつラーマ）、ラーマ、クリシュナ、ブッダ（仏教の開祖）、カルキ（未来の神）がヴィシュヌの十の化身であり、これらの中では、ラーマとクリシュナが最も重要で、ヒンドゥー教の神々の中で最も人々に崇拝されている。ラーマとクリシュナがヒンドゥー教の実質的な二大神といっても過言ではない。

ラーマが人々から多く崇拝されているのは、『ラーマーヤナ』を通して、人々が身近に感じているからである。また、その起源は伝説的であっても、人間である点も親しみを感じる理由になっている。戦場においては理想的な戦士であり、人々にとっては理想的な王であり、子にとっては理想的な父として、欠点のない理想的な人間としての神である。妻であるシーターも理想的な女性として崇拝され、絵図では弓を携えたラーマと一緒に描かれる。

一方、クリシュナは『マハーバーラタ』に登場し、『バガヴァッド・ギーター』の教えを説いた神であることが、多く崇拝されている理由になっている。ラーマは理想的な人間としての神であるが、クリシュナには悪戯をする物語も多く伝わり、欠点も持つ二面性のある人間として崇拝されている。そして、ヒンドゥー教の神々では珍しく、幼児のクリシュナも崇拝対象になっている。妻はルクミニーであるが、幼友達のラーダーと一緒に描かれることが多く、クリシュナは横笛を持ち、頭頂には孔雀（くじゃく）の羽をつけている。

ハヌマーンは、ヴィシュヌの家族でも化身でもない。『ラーマーヤナ』の中で、略奪されたシーターがランカー島にいることを突き止め、ラーマを助ける猿である。体の大きさを自由に変えることができ、空を飛ぶこともでき、強大な力を持っている。体力の象徴として崇拝されることも多いが、ラーマの熱心で忠実な信者として崇拝されることもあり、胸を開き、ラーマとシーターがいつも心の中にいることを見せている絵図も描かれている。

③シヴァ系の神々

シヴァ系の代表的な神々としては、シヴァと配偶神のパールヴァティー、ドゥルガー、カーリー、そして子供のガネーシャとスカンダがいる。配偶神は姿を変えただけで、三人の配偶神がいるわけではない。

シヴァは『リグ・ヴェーダ』で讃歌が捧げられているルドラの別名である。ルドラは暴風を起源としているため、三大神の中で、シヴァは世界の破壊という役割を担っている。他の神々とは異なり、シヴァにはさまざまな要素が取り込まれ、異名も多い。原型であるのは、苦行者であり、ヒマーラヤのカイラーサ山に住み、上半身は裸で、首にはコブラを巻きつけ、苦行者であること示す数珠や三叉戟（さんさげき）や小さな太鼓等を持った姿として描かれる。そして、世界を破壊することから、全てを破滅に導くカーラ（時間、運命、死、黒を意味する）と同一視され、マハーカーラと呼ばれる。マハーカーラは漢訳されて、大黒天になるが、もともとは恐ろしい神である。また、破壊が舞踏に象徴されることから、ナタラージャ（舞踏の王）という異名もある。円の中に片足で立ち踊っている姿の彫像があるが、その姿がナタラージャである。さらに、シヴァはリンガとして象徴されている。「リンガ」とは男根のことで、シヴァの寺院では、シヴァ自身の彫像が祀られるよりも、リンガの形をした石を祀り、シヴァとして崇拝されている。

パールヴァティーは「山の女」という意味で、シヴァはカイラーサ山に住んでいるため、配偶神になった。他の配偶神はパールヴァティーが姿を変えたもので、他の配偶神に比べて、パールヴァティーの顔立ちは穏やかである。ほとんどの場合、シヴァと一緒に描かれる。一方、ドゥルガーは「近寄り難い女」というような意味で、シヴァの三叉戟やヴィシュヌの円盤などの武器を持ち、ライオンや虎に乗って、悪魔を刺し殺している形態が一般的である。カーリーは「時間、運命、死、黒」を意味する「カーラ」の女性形である。首には頭蓋骨を束ねた首飾りをつけ、手には剣や盾や悪魔の首や血を受ける皿などを持ち、シヴァを踏みつけている。ドゥルガー以上に恐ろしい姿で描かれ、肌の色も青黒い。ヒンドゥー教における女神信仰の中心は、ドゥルガーとカーリーである。

ガネーシャとスカンダはシヴァとパールヴァティーの子供である。ガネーシャは象の頭をしているが、象を起源とする神でなく、人間の頭を持って生まれた子供の頭をシヴァが間違って切り落としてしまい、代わりに象の頭をつけたという。『マハーバーラタ』を筆記したとされることから、ガネーシャは知識や学問の神という面を持っているが、邪魔になる障害を取り除き、幸福や成功をもたらす神として崇拝されることが圧倒的に多い。旅行前には道中の無事を願い、事業を始める前には繁盛を願い、ガネーシャに祈りが捧げられる。仏教には「歓喜天」や「聖天」の名で取り入れられたが、二象が抱き合う形になり、夫婦和合の神として崇拝されている。スカンダは、もともとは軍を指揮する神であったが、後にシヴァとパールヴァティーの子供とされた。南インドでの信仰が強く、カールッティケーヤやスブラフマニヤと呼ばれ、マレーシアなどではムルガンと呼ばれている。漢訳の韋駄天はスカンダのことである。

以上、バラモン教とヒンドゥー教の聖典と神々を中心に解説してきた。バラモン教は一部の人たちの考えに基づいたものであり、その後、新しい聖典が作成され、新しい神々が立てられ、大衆的なヒンドゥー教として変容し、現在に続いている。聖典と神々の全てを解説したわけではなく、代表的な一部に限って解説した。

以下では、『バガヴァッド・ギーター』の中で、しばしば言及されるヨーガとカーストについて解説する。

ヨーガ

インダス文明の遺跡から、ヨーガをしていると思われる姿を刻んだ印章も発掘され、ヨーガの起源はインダス文明まで遡るともされる。『リグ・ヴェーダ』がヨーガに言及することはないが、「ウパニシャッド」やヒンドゥー教の聖典においては、ヨーガが取り上げられるようになった。そのような中で、パタンジャリの作とされる『ヨーガ・スートラ』(二―四世紀頃)によって、ヨーガの理論と方法が体系化された。

「ヨーガ」の語義は「結合」であるが、『ヨーガ・スートラ』は、ヨーガを「心のはたらきがなくなること」と定義している。言い換えれば、「何も考えないこと」、「頭の中がからっぽであること」になり、そのような状態にあることが〈ヨーガの状態〉になる。一般的には呼吸法や体位がヨーガであると理解されているが、『ヨーガ・スートラ』によれば、呼吸法や体位は心のはたらきがない〈ヨーガの状態〉を獲得するための方法であって、それ自体がヨーガであるわけではない。

ヨーガを「心のはたらきがなくなること」と定義した後で、『ヨーガ・スートラ』は心のはたらきを五つに分類する。つまり、なくさなければならない心のはたらきを具体的に説明するのである。一つ目は、ものごとを正しく認識する心のはたらきである。ものごとを正しく認識するのであれば、その心のはたらきをなくす必要はないと思われるが、そうではない。〈ヨーガの状態〉を獲得するための目的は、ものごとを正しく認識することではない。〈ヨーガの状態〉になっても、ものごとを正しく認識できるわけではない。何も考えないようになるだけである。二つ目と三つ目は、ものごとを間違って認識する心のはたらきである。間違った認識は、チョークをタバコであるというように、ものごとを異なって認識すること、そして、一角獣などのように、存在しないものを存在するかのように認識することに分けられている。当然ながら、〈ヨーガの状態〉では、ものごとを間違って認識する心のはたらきはない。四つ目は、眠気という心のはたらきである。眠っているという熟睡状態であれば、心のはたらきはなく、何も考えてはいない。そうなると、〈ヨーガの状態〉は熟睡状態と同じになってしまうが、〈ヨーガの状態〉では眠気という心のはたらきはなく、熟睡状態と同じではないことになる。最後の五つ目は、思い出すという心のはたらきである。〈ヨーガの状態〉は何も考えていないことであるから、何も思い出してはいない。〈ヨーガの状態〉になれば、ものごとを正しく認識することもなく、間違って認識することもなく、何かを思い出すこともない。しかし、それは熟睡状態ではなく、覚醒(かくせい)状態である。

このような〈ヨーガの状態〉を獲得するために、『ヨーガ・スートラ』は、八つの段階からなる方法を示している。一つ一つの段階を経て、階段を上るようにして、〈ヨーガの状態〉に到達する方法である。最初の段階は、日常生活を正しく送ることで、生き物を殺したり、盗みをしたりしないことなどになる。次の段階は、心身を清らかにすることで、適切な食べ物を食べ、「ヴェーダ」等を学習し、神を信仰することなどになる。この二つの段階は、〈ヨーガの状態〉を獲得するためには、直接的には関係がないが、この二つの段階を加えたのは、倫理的要素を与えるためであった。つまり、正しい日常生活を送らず、心身も清らかでない人は、この先の段階に進む資格がなく、どんなに努力しても、〈ヨーガの状態〉を獲得できないということである。

この二つの後には、安定した姿勢を保つ段階がくる。安定した姿勢とは、姿勢を維持するために注意を払わないですむような安定した姿勢のことで、最も代表的なものは足を組んで座る姿勢である。他にもさまざまな姿勢があり、体位として、後に成立する「ハタ・ヨーガ」で重要視されてくる。この段階で、姿勢を維持するために注意するという心のはたらきをなくすのである。安定した姿勢を保つことができたら、次は呼吸を整えるという段階に進み、さらに感官のはたらきを抑えるという段階に進む。つまり、眼でものを見ないようにし、耳で音を聞かないようにし、鼻で匂いを感じないようにし、舌で味を感じないようにし、皮膚で暑さや寒さを感じないようにするのである。感官がはたらき、感官で対象を感じると、心のはたらきが生じてくる。例えば、花を見れば、美しいと心が思ってしまう。従って、心のはたらきをなくすためには、感官のはたらきを抑え、外界の情報を遮断する必要がある。

外界の情報を遮断しても、さまざまなことを考え、思い出し、心のはたらきはなくならない。そこで、次に心で特定の対象だけを想う段階がくる。特定の対象は、心臓でも、臍でも、文字でも何でもよい。他のことは何も想わず、その対象だけを想うのである。次には、特定の対象に想いを集中させ、持続させる段階がくる。この段階をサンスクリット語では「ディヤーナ」と言うが、漢字に音写されると「禅那（ぜんな）」になり、略して「禅」になった。特定の対象に想いを集中させ、持続させていると、その対象への想いがなくなり、対象だけになる最後の段階がくる。この段階によって、心のはたらきは全てなくなり、〈ヨーガの状態〉が獲得される。例えば、なかなか眠れない時、羊を数えていれば、眠れると言われる。〈ヨーガの状態〉は決して熟睡状態と同じではないが、この例で説明すれば、羊を数えることが特定の対象を想う段階であり、数え続けることが想いを集中させ、持続させる段階で、眠った段階が最後の心のはたらきがなくなった段階になる。

以上は、『ヨーガ・スートラ』に基づく理論と方法であり、「古典ヨーガ」と呼ばれている。これに対して、八、九世紀頃から徐々に形成され、ゴーラクナート（一三世紀頃）によって体系化された「ハタ・ヨーガ」と呼ばれるものがある。「ハタ」は「力、頑固、必然性」などを意味するが、このハタ・ヨーガは、人間の身体的・生理的面を強調し、身体的努力による呼吸法や体位の方法を中心とする。現在、一般的に行われているヨーガはハタ・ヨーガの系統である。

カースト

カーストはインドに特有な身分制度であるが、「カースト（caste）」という言葉は

「種族、家系、血統」を意味するポルトガル語の「カスタ（casta）」に由来し、インドではヴァルナとジャーティを合わせてカーストと言われる。「ヴァルナ」の語義は「色」であるから、そもそもは皮膚の色が身分を規定する根拠になっていたと推測することができる。バラモン、クシャトリヤ、ヴァイシャ、シュードラという四身分がヴァルナであり、社会の大きな枠組みになる。「ジャーティ」は「生まれ」を意味し、カーストは生まれによって決定されるものであるから、このことが「ジャーティ」という言葉によって明確に示されている。ジャーティの数はインド全体では二〇〇〇から三〇〇〇にものぼると言われるが、名称は職業・道具・種族・地名などに由来し、それぞれのジャーティは基本的に四つのヴァルナのどれかに属する。つまり、ヴァルナを細分化したものがジャーティになる。社会生活で実際に機能しているのはジャーティの方になるが、ここではヴァルナによってカーストを解説する。

カーストの起源は民族や職業や民間信仰などで、それらの要素が複雑に絡み合って成立してきたと思われるが、「ヴァルナ」という語がそもそも「色」を意味し、皮膚の色と関係していることから、民族が大きな要因になっていた点に疑いはない。バラモンは紀元前一五〇〇年頃に西北インドに侵入してきたアーリヤ民族の末裔で、皮膚の色は比較的白い。一方、下位カーストはアーリヤ民族に支配された民族の末裔で、皮膚の色は茶褐色である。一方、『リグ・ヴェーダ』の「プルシャの讃歌」には、カーストの神話的起源が述べられている。それによれば、プルシャという世界の創造時に存在していた巨大な人間の口からはバラモンが、腕からはクシャトリヤが、腿からはヴァイシャが、そして足からはシュードラが生じたと言う。

『リグ・ヴェーダ』は紀元前一二〇〇年頃から前一〇〇〇年頃に編纂されたとされるが、カーストは、紀元前一〇〇〇年から前六〇〇年頃の間に体系化され、『マヌ・スムリティ』（紀元前二〇〇年―紀元後二〇〇年の間に成立）によって、各カーストの義務が詳細に理論化された。一言で言えば、バラモンは宗教的指導者であり、クシャトリヤは王族であり、ヴァイシャは庶民であり、シュードラは奉仕者である。『マヌ・スムリティ』によれば、バラモンの義務は聖典の教授と学習、自分のためと他人のための祭式で、クシャトリヤの義務は国民の保護、聖典の学習、自分のための祭式で、ヴァイシャの義務は家畜の保護、聖典の学習、自分のための祭式、商業、農業で、シュードラの義務は上位の三身分への奉仕だけである（『マヌ・スムリティ』一・八七―九一）。

このように定められた各カーストの義務は、それを遂行することの厳格性が「自己に定められた義務を行うことは、不完全であっても、他人の義務を完全に行うことよりも優れている。他人の義務を行って生きる者は、すぐにカーストから堕ちる」(『マヌ・スムリティ』一〇・九七)と述べられている。常識的に社会の発展を考えるのであれば、その構成員がそれぞれの能力に応じて役目を果たした方がよい。しかし、カーストに基づけば、自分に定められた義務を完全に行う能力を欠き、異なることを行う能力があったとしても、自分に定められた義務を行う方が優れていると考えている。例えば、バラモンの義務の一つに聖典の教授があるが、その能力のないバラモンもいるだろうし、クシャトリヤの義務である国民の保護に能力を発揮するバラモンもいるだろう。そのようなバラモンは聖典の教授ではなく、国民の保護をした方が本人だけでなく、社会にとっても有益なはずである。しかし、『マヌ・スムリティ』に基づけば、そうは考えない。バラモンであれば、不完全であっても聖典を教授した方がよいと考えたのである。

四つの身分がカーストになるが、上位の三身分は「再生族」と呼ばれ、シュードラは「一生族」とも呼ばれる。「再生族」は「二度生まれる者」ということで、一度目は母親から生まれ、二度目は師から生まれることを意味する。「師から生まれる」とは、師から聖典の内容を教授され、学習して、社会の正式な構成員として「生まれる」ことである。一方、「一生族」とは「一度生まれる者」ということで、母親からしか生まれないことを意味する。従って、師から「生まれる」ことはなく、聖典の内容も学習できず、社会の正式な構成員とは認められない。カーストには差別の構造があるが、各カーストの差別だけではなく、再生族と一生族という差別も含んでいる。

カーストは第四のシュードラまでであり、第五のカーストは存在しない。しかし、それ以外の身分がある。「アウト・カースト」や「カーストを持たない者」などと呼ばれ、マハトマ・ガンディー（一八六九―一九四八年）は「ハリジャン（神から生まれた人）」と呼んだ。また現在では「ダリット（抑圧された人）」と呼ばれることもある。一九三五年のインド統治法では「指定カースト（Scheduled Castes）」と公称され、優先雇用などの特別な保護政策がとられている。彼らが触れるものは不浄とされ、汚物処理や洗濯等の職業に付くことが多い。カーストの差別構造は再生族と一生族という差別に加え、四カーストとアウト・カーストという差別も含み、問題をより複雑にしている。

カーストが存続した背景には、この制度を支え、受容させた思想がインドにはあるためと考えられる。その一つは、「浄・不浄」の思想である。インドでは、不浄なものとの接触によって汚れることを極端なまでに避けようとした。不浄なものは血や排泄物や死などになるが、これらに関わる職業に従事する者も不浄であると見なされ、接触が避けられることになる。単にものだけが不浄なのではなく、不浄なものは接触によって伝播すると考えられたのである。具体的には、それが食べ物の制限というかたちであらわれる。食事（特に水）は体内に取り込まれるために、不浄な者が調理した食べ物だけでなく、不浄な者の目に触れた食べ物、そして、不浄な者と同席して食事を取ることも回避される。このような「浄・不浄」の思想は、多くの浄化儀礼を生むことになった。どんなに不浄なものとの接触を回避したとしても、現実の生活において完全に接触を断つことは不可能である。そこで、沐浴や断食などの定期的な浄化儀礼によって、不浄なものを浄化しようとするのである。

カーストを支え、受容させたもう一つの思想は「業と輪廻」の思想である。各カーストに生まれたのは自分が過去に行った行為によって蓄えられた業の報いであり、現在のカーストに与えられた義務を忠実に行えば、死後の輪廻によって、よりよいカーストに生まれることができると考えられた。それぞれの義務を行うことは社会にとって有益なだけではなく、この業と輪廻という思想によって、結果的に自分にとっても有益であると思わせてしまったのである。

カーストに対しては、古くは、仏教の開祖であるゴータマ・ブッダ（紀元前五〇〇年頃）が生まれによって決まる身分制度を否定し、マハトマ・ガンディーも「ハリジャン」と呼ぶことによって、アウト・カーストの人たちに対する差別の廃止を訴えた。さらに、アウト・カーストの出身であり、初代の法務大臣で、インド憲法の草案を作成したビームラーオ・アンベードカル（一八九一―一九五六年）は、大衆の前で『マヌ・スムリティ』に火を付けて焼くなどの行為を行い、ヒンドゥー教から仏教に改宗し、差別撤廃運動の先頭に立った。

カーストによる差別は一九五〇年に制定された憲法で明確に廃止された。カーストの身分が社会で実際に機能し、差別を生むのは、結婚と職業と食事になるが、現在でも、それらの面で差別があるのか、ないのかという問題については、答えることが難しい。あるとも言えるし、ないとも言える。村や低所得者や低学歴者の社会にはあり、都会や高所得者や高学歴者の社会にはないという考えも聞くが、それほど単純ではないだろう。

以上、バラモン教とヒンドゥー教の聖典と神々、ヨーガとカーストについて解説してきた。これらの解説が、『バガヴァッド・ギーター』を読むために少しでも役に立ち、インドの思想に興味を持つきっかけになることを願う。

あとがき

インドの文化・宗教・哲学・芸術・歴史・政治・経済・科学などのどんな分野であれ、インドに関心をもった人は、必ず『バガヴァッド・ギーター』の名前を耳にすることになる。それほど、『バガヴァッド・ギーター』はインドという国とインドの人たちの心に深い影響を与えてきたし、現在でも与えている。

『バガヴァッド・ギーター』の名前を耳にした人の中には、実際に手に取り読もうとした人も少なくないだろう。しかし、実際に読んでみると、多くの人は戸惑いを感じ、言葉が難しく、内容が理解できないと感じたのではないだろうか。『バガヴァッド・ギーター』は全十八章で構成されているが、各章の内容は明確なまとまりを欠き、章のつながりも不明確で、章をまたいで同じような内容が語られることも少なくない。『バガヴァッド・ギーター』が研究され、それらの点が解消されたこともあるだろうし、これまでの研究の努力は『バガヴァッド・ギーター』だけでなく、インド思想全体の研究に大きな貢献をはたしてきた。サンスクリット語で書かれている以上、『バガヴァッド・ギーター』に専門的な研究が必要とされるのはやむを得ない。テキストを校訂し、翻訳し、内容を解読し、歴史的な背景をさぐり、思想を解明しようとする。そして、その研究の成果によって、『バガヴァッド・ギーター』の内容はインド以外の多くの人にも知られるようになる。

そのような研究の成果を通して、筆者も『バガヴァッド・ギーター』を知っていたが、インドを何度か訪れ、寺院に足を運び、インドの人たちと話す中で、研究を通して知っていた『バガヴァッド・ギーター』は、インドの人たちにとっての『バガヴァッド・ギーター』とはどこかが違うように感じるようになった。どこが違うのかうまく説明できないが、以下では、そのような筆者の想いを書いてみたい。

①『バガヴァッド・ギーター』は聖典である

『バガヴァッド・ギーター』はヒンドゥー教の聖典であって、小説でもなければ、まして哲学書でもない。どんなに哲学的な内容が書かれていても、内容に対してどんな哲学的な解釈が与えられたとしても、『バガヴァッド・ギーター』自体は哲学書ではありえない。

インド最大の哲学者と評されるシャンカラ（八世紀頃）は『バガヴァッド・ギータ

ー』を注釈するにあたり、注釈する目的を「『バガヴァッド・ギーター』が理解されれば、人生の全ての目的が達成される。従って、私は注釈する」と冒頭で書いている。インドで人生の目的は善・富・愛・解脱に分類されるが、これら全ての目的が『バガヴァッド・ギーター』を理解することによって、達成されるというのである。さらに、シャンカラは、『バガヴァッド・ギーター』のエッセンスは、第十一章でクリシュナがアルジュナに語る「私のために行為をする人、私だけを想う人、私をひたむきに信じる人、欲望がない人、どんな生き物も憎まない人は、私のもとに来る」であると述べている。一方、ラーマーヌジャ（一二世紀頃）という哲学者は、第十八章の「どんな行為にも執着せず、私だけに救いを求めなさい。私は、あなたを全ての罪悪から解放する。悲しむ必要はない」がエッセンスであると述べている。

シャンカラもラーマーヌジャもインドを代表する哲学者であり、難解な議論を展開し、『バガヴァッド・ギーター』に対しても哲学的な解釈を与えている。しかし、二人の哲学者がエッセンスとしてあげたのは、哲学的な内容ではない。このことは、『バガヴァッド・ギーター』にどんなに哲学的な内容が含まれていても、二人の哲学者にとって、哲学的な内容よりも重要なことがあると考えていたことを示しているだろう。『バガヴァッド・ギーター』はあくまでも聖典である。

②『バガヴァッド・ギーター』は聖典以上である

『バガヴァッド・ギーター』の中でアルジュナに教えを説くクリシュナは、現在のグジャラート州の西端部、アラビア海に面したドゥヴァーラカー王国を統治していたとされる。現在のドゥワールカーにはギーター寺院があり、多くの参拝者が詣でている。寺院は比較的近年になってから建立されたもので、古い寺院ではない。広大な敷地の中央に本堂があり、本堂内部の正面にはクリシュナとアルジュナの色彩豊かな彫像、内壁には『バガヴァッド・ギーター』の詩節が刻まれ、他には何もなく、百人ほどが座ることができる広い空間があるだけである。ヒンドゥー教の多くの寺院は、外壁も内壁もおびただしい彫像で装飾されているが、そのような装飾は全くなく、ギーター寺院は極めて質素である。

インドにクリシュナを祀った寺院は数え切れない。しかし、ギーター寺院はクリシュナを祀っているわけではなく、『バガヴァッド・ギーター』を祀っている。祀られるものを神と呼ぶなら、『バガヴァッド・ギーター』そのものがクリシュナと同じように神であるとも考えられる。それぞれの宗教には聖典があり、それぞれの宗教にとって聖典は大切なものである。しかし、その聖典を祀り、聖典の名前を冠した寺院などの宗教施設が他にあるだろうか。日本仏教で代表的な聖典のひとつに『般若心経』があるが、唱えることはあっても、それ自体を祀り、釈迦仏などと同じように仏とみなされることはない。まして「般若心経寺」という寺院が建立されることもない。『バガヴァッド・ギーター』はヒンドゥー教の聖典であるが、他の宗教における聖典の意味とは大きく異なる。『バガヴァッド・ギーター』は単なる聖典ではなく、聖典以上である。

③『バガヴァッド・ギーター』の歴史的事実

『バガヴァッド・ギーター』が含まれる『マハーバーラタ』は神話である。紀元前一〇世紀頃にあった実際の戦争に基づいているという説もあるが、クル国の地で行われた戦争も、その直前にクリシュナとアルジュナで交わされた『バガヴァッド・ギーター』の会話も、歴史的事実ではない。

インドでは、インド暦のマールガシールシャ月（西洋暦のおよそ十一月から十二月）の白分十一日目は、クリシュナがアルジュナに『バガヴァッド・ギーター』を説いた日とされている。毎年その日の前後には「ギーター大祭」という大きな催しが行われ、その一環として「『バガヴァッド・ギーター』国際学会」も開催されている。また、

『バガヴァッド・ギーター』をクリシュナがアルジュナに語ったとされる場所もハリヤーナー州のクルクシェートラに「ジョーティサル」という名前で残っている。一部のインドの人たちが歴史的事実であると主張しても、説いた日も場所も歴史的事実ではないし、当然ながら、研究者が『バガヴァッド・ギーター』が説かれた日や場所を論じることは全くない。

しかし、一方で別な意味での歴史的事実がある。『バガヴァッド・ギーター』が説かれた日や場所が歴史的事実でなくても、そのような日や場所があると伝えられ、ヒンドゥー教徒たちがそれを信じてきたこと、説いた日の前後に「ギーター大祭」が開催され、説いた場所に人々が崇拝に訪れるということ、これらは確かな歴史的事実である。歴史の視点から、『バガヴァッド・ギーター』の成立過程や年代を問題にすることはある。しかし、それ以前に重要なことは、『バガヴァッド・ギーター』自体があること、そして、それが説かれた日と場所が伝えられ、それをヒンドゥー教徒たちが信じていることである。そして、これらは歴史的事実である。

④『バガヴァッド・ギーター』を暗記する

『バガヴァッド・ギーター』を暗記している人がいることをよく聞く。マハトマ・ガンディー（一八六九―一九四八年）も暗記しようとして、第十三章までは暗記したと自叙伝の中に書いているし、全てを暗記しているという人もいるらしい。ヒンドゥー教徒であれば、誰でも有名な詩節はいくつか暗記しているのだろう。

第四章でクリシュナが語る「善が衰え、悪がはびこる時、私は生まれる。善人を救い、悪人を滅ぼし、正義を確立するために、私はユガの時代ごとに生まれる」という一節は特に有名で、二〇一八年に日本で公開された「パッドマン　5億人の女性を救った男」という映画の冒頭にも、クリシュナとアルジュナの姿とともに、この前半部分がサンスクリット語のまま引用されていた。インドの人たちと『バガヴァッド・ギーター』の話をする時、ほぼ全ての人がこの一節を唱えることができた。

また、あるインドの小学校のイベントに招待された時、開会式の一環として、八歳から十歳くらいの子供たちが、『バガヴァッド・ギーター』の第五章を全部暗記していて、全員で唱えるのを聞いたこともある。

サンスクリット語で書かれていても、マハトマ・ガンディーや大人であれば、ただ暗記しているだけでなく、意味も知っているだろう。しかし、子供たちが意味を知っているとはとても思えない。意味も分からず、ただ暗記して、唱えているだけであっても、そうすることによって、子供たちは小さい時から『バガヴァッド・ギーター』

に親しみ、大人になってから、その意味を知るようになる。暗記することが先で、意味を知るのは後になる。インド以外の人であれば、何よりもまず意味を知ろうとし、暗記することもほとんどなく、暗記する必要性も感じていない。しかし、インドの人たちは違う。意味を知らなくても、暗記すること、これがインドの人たちにとっての『バガヴァッド・ギーター』である。

⑤人それぞれの『バガヴァッド・ギーター』

『バガヴァッド・ギーター』に関する本は、インドで数多く出版されている。詳細な解説をつけた分厚い注釈書や研究書もあれば、原典と現代語訳だけの文庫本サイズのもの、概要だけをまとめた薄い小冊子のようなもの、子供向けの絵本もある。

これらの本の中で、多くのインドの人たちが読んでいるのは、手軽に持ち運ぶことができる文庫本サイズのものである。何人かのインドの人たちがそのような本を鞄に入れているのを見たこともある。詳しい内容を知りたければ、分厚い注釈書や研究書を読むだろう。解説が付いていれば、理解するために確かに役に立つ。しかし、解説はその著者の解説であって、著者の視点から『バガヴァッド・ギーター』を理解してしまうことにもなりかねない。原典と現代語訳だけのものであれば、自分の解釈によって、『バガヴァッド・ギーター』を理解することもできる。つまり、『バガヴァッド・ギーター』を自分のものとすることができる。自分自身で解釈を与え、好きなように読み、自分のものとすることができる。解釈の正しさは問題にはならない。人それぞれの『バガヴァッド・ギーター』がある。

⑥『バガヴァッド・ギーター』を生きる

『バガヴァッド・ギーター』の内容は難解で、理解するのは難しい。そして、それはインドの人たちにとっても同じだろう。マハトマ・ガンディーは、一九二九年に『アナーサクティ・ヨーガ（無執着のヨーガ）』という書名で『バガヴァッド・ギーター』のヒンディー語訳を出版し、その「まえがき」の最後に「『バガヴァッド・ギーター』では知識の重要性が説かれている。そうであっても、『バガヴァッド・ギーター』は頭で理解されるものではなく、心によって理解されるものである」と書いている。『バガヴァッド・ギーター』の内容が理解できないのは、頭で理解しようとしているためであるかも知れない。研究の対象にしているからかも知れない。心によって理解するとは、おそらく心で感じることを意味しているだろう。内容を理解することができなくても、何かを感じることができる。ヒンドゥー教徒たちは『バガヴァッド・ギーター』を繰り返し読み、唱えてもいるが、内容を理解しているわけでもなく、理解しようとしているわけでもないかも知れない。ただページを開き、目に入った文章を読んで、何かを感じているだけなのかも知れない。

数年前、インド人のある研究者がスピーチで『バガヴァッド・ギーター』を理解する必要はなく、『バガヴァッド・ギーター』を生きる必要がある」と発言したのを聞いたことがある。『バガヴァッド・ギーター』を研究の対象として考えるのであれば、この発言に大きな意味はない。以前の筆者であれば、そのように感じて、気にもとめなかっただろう。しかし、今はこの発言が頭から離れず、インドの人たちにとっての『バガヴァッド・ギーター』の本質を言っているように感じる。

＊

筆者は、今から四十年以上も前、インドに関心をもち、さまざまな分野の書籍を読む中で、『バガヴァッド・ギーター』の名前をたびたび目にした。当時入手できた日本語訳を手に入れ、読もうとしたが、内容の難解さのためか、翻訳に問題があったためか、最後まで読み通すことはできなかった。それから数年後、サンスクリット語を学び、一通りの文法を学んでから、多くの人がしているのと同じように、文法書と辞書を片手に『バガヴァッド・ギーター』をサンスクリット語で読んだ。『バガヴァッド・ギーター』は七百の二行詩からなるテキストで、決して短いテキストではないが、一語一句の文法と意味を調べながら読むことで、サンスクリット語の読解力は確実についた。サンスクリット語の基本的な文法を学び、その先に進もうとする多くの人は『バガヴァッド・ギーター』を読む。しかし、それは『バガヴァッド・ギーター』をサンスクリット語の学習のための読本としているだけで、ヒンドゥー教の聖典としての『バガヴァッド・ギーター』を読んではいないように思える。少なくとも、筆者はそうだった。

初めて『バガヴァッド・ギーター』の存在を知り、サンスクリット語で読んだ後、再び読んでみようとは思わずに長い年月がすぎたが、数年前に「『バガヴァッド・ギーター』でサンスクリット語を学ぶ」という講座を始めた。目的はサンスクリット語の文法と意味を丁寧に説明しながら、日本語に置き換えて直訳するだけで、一回の講座で二行詩を二つか三つ進めばよい方であった。直訳するだけでは『バガヴァッド・ギーター』の内容が分からないという声を受講生から度々聞いたし、すでに出版されている日本語訳は読みにくく、最後まで読み通せないという声もあった。確かに、直訳しただけでは内容が分からないし、読みやすく、読み通せる日本語訳もなかった。

筆者が翻訳しようとしたのは、受講生のこのような声なしにはありえなかった。拙い講座に出席してくれた受講生には心から感謝する。

翻訳しようと思い、改めて『バガヴァッド・ギーター』を通して読んだ。以前に読んだ時とは異なり、インドの人たちが読んでいるのと同じように読もうとした。そして、翻訳を少しずつ進め、全章を翻訳した後、筆者の全訳を初めて読んでくれたのは、編集部の宮川友里さんである。読んでくれただけでなく、すでに他の日本語訳が出版されているにもかかわらず、筆者の『バガヴァッド・ギーター』に対する想いを受け止めてくれて、角川ソフィア文庫の一冊としての出版の話を進めてくれた。手軽に持ち運びができる文庫本としての出版は、インドで文庫本サイズの本が多く出版されている中で、筆者が最も望むものであった。

今まで、実に多くの人たちがサンスクリット語で『バガヴァッド・ギーター』を読んできた。そのような人たちの中で、翻訳を出版した人は数えるほどしかいない。筆者もサンスクリット語で『バガヴァッド・ギーター』を読んだひとりにすぎなかったが、このように翻訳を出版する機会に恵まれた。筆者にとって、これ以上の幸運はない。今はその幸運の重さに耐えながら、『バガヴァッド・ギーター』とインドの人たちに感謝し、その幸運を静かに感じている。

バガヴァッド・ギーター

ヒンドゥー教の聖典

佐藤裕之＝訳

令和4年 12月25日　初版発行

発行者●山下直久

発行●株式会社KADOKAWA
〒102-8177　東京都千代田区富士見2-13-3
電話　0570-002-301（ナビダイヤル）

角川文庫 23475

印刷所●株式会社暁印刷
製本所●本間製本株式会社

表紙画●和田三造

●お問い合わせ
https://www.kadokawa.co.jp/（「お問い合わせ」へお進みください）
※内容によっては、お答えできない場合があります。
※サポートは日本国内のみとさせていただきます。
※Japanese text only

ISBN 978-4-04-400725-6　C0114

◇◇◇

角川文庫発刊に際して

角川源義

第二次世界大戦の敗北は、軍事力の敗北であった以上に、私たちの若い文化力の敗退であった。私たちの文化が戦争に対して如何に無力であり、単なるあだ花に過ぎなかったかを、私たちは身を以て体験し痛感した。西洋近代文化の摂取にとって、明治以後八十年の歳月は決して短かすぎたとは言えない。にもかかわらず、近代文化の伝統を確立し、自由な批判と柔軟な良識に富む文化層として自らを形成することに私たちは失敗して来た。そしてこれは、各層への文化の普及滲透を任務とする出版人の責任でもあった。

一九四五年以来、私たちは再び振出しに戻り、第一歩から踏み出すことを余儀なくされた。これは大きな不幸ではあるが、反面、これまでの混沌・未熟・歪曲の中にあった我が国の文化に秩序と確たる基礎を齎らすためには絶好の機会でもある。角川書店は、このような祖国の文化的危機にあたり、微力をも顧みず再建の礎石たるべき抱負と決意とをもって出発したが、ここに創立以来の念願を果すべく角川文庫を発刊する。これまで刊行されたあらゆる全集叢書文庫類の長所と短所とを検討し、古今東西の不朽の典籍を、良心的編集のもとに、廉価に、そして書架にふさわしい美本として、多くのひとびとに提供しようとする。しかし私たちは徒らに百科全書的な知識のジレッタントを作ることを目的とせず、あくまで祖国の文化に秩序と再建への道を示し、この文庫を角川書店の栄ある事業として、今後永久に継続発展せしめ、学芸と教養との殿堂として大成せんことを期したい。多くの読書子の愛情ある忠言と支持とによって、この希望と抱負とを完遂せしめられんことを願う。

一九四九年五月三日

角川ソフィア文庫ベストセラー

インド史
南アジアの歴史と文化
辛島　昇

インダス文明から始まり、カースト制度の成立や仏教の誕生、列強による植民地化、そして独立運動に至るまで、5000年にわたる悠久のインド史を南アジア研究の大家が描き出す。写真40点を掲載。

サンスクリット版全訳　**維摩経**
現代語訳
訳・解説／植木雅俊

初期大乗仏典の代表的傑作で、戯曲的展開の面白さで親しまれてきた維摩経を、二〇世紀末に発見されたサンスクリット原典に依拠して全訳&徹底解説。もっとも読みやすい、維摩経入門の決定版！

東方の言葉
中村　元

「自己を灯火とし、自己をよりどころとせよ」（大ニッバーナ経）。仏教・東洋思想の碩学が、自身が感銘をうけた60の至言を解説。宗派や既成宗教の制約をこえて心を揺さぶる、現代人が生きるための指針の書。

増補　**仏典をよむ**
死からはじまる仏教史
末木文美士

従来の固定観念から解き放ったとき、仏典は今日に生きる思想書となる。仏教の本質は、異形の他者との関わりにある。ブッダの死後、残された人々の超克のなかに成立を求め、親しみやすい現代語訳で読み解く。

千夜千冊エディション
仏教の源流
松岡正剛

古代インドの「空」と「縁起」の思想。ブッダは世界を一切皆苦と説き、涅槃に至る。やがて仏教は中国へ伝播し、個の救済から国家鎮護へ向かう。西洋知が届かないダイナミックな思想体系が始まる。

角川ソフィア文庫ベストセラー

ビギナーズ 日本の思想 空海「三教指帰」

空海　加藤純隆・加藤精一＝訳

日本に真言密教をもたらした空海が、渡唐前の青年時代に著した名著。放蕩息子に儒者・道士・仏教者がそれぞれ説得を試みるという設定で各宗教の優劣を論じ、仏教こそが最高の道であると導く情熱の書。

ビギナーズ 日本の思想 空海「秘蔵宝鑰」 こころの底を知る手引き

空海　加藤純隆・加藤精一＝訳

『三教指帰』で仏教の思想が最高であると宣言した空海は、多様化する仏教の中での最高のものを、心の発達段階として究明する。思想家空海の真髄を示す、集大成の名著。詳しい訳文でその醍醐味を味わう。

ビギナーズ 日本の思想 空海「般若心経秘鍵」

空海　編／加藤精一

宗派や時代を超えて愛誦される「般若心経」。人々の幸せを願い続けた空海は、最晩年にその本質を〈こころ〉で読み解き、後世への希望として記した。名言や逸話とともに、空海思想の集大成をわかりやすく読む。

ビギナーズ 日本の思想 空海「即身成仏義」「声字実相義」「吽字義」

空海　編／加藤精一

大日如来はどのような仏身なのかを説く「即身成仏義」。言語や文章は全て大日如来の活動とする「声字実相義」。あらゆる価値の共通の原点は大日如来とする「吽字義」。真言密教を理解する上で必読の三部作。

ビギナーズ 日本の思想 空海「弁顕密二教論」

空海　加藤精一＝訳

空海の中心的教義を密教、他の一切の教えを顕教として、二つの教えの違いと密教の独自性を理論的に明らかにした迫真の書。唐から戻って間もない頃の若き空海の情熱が伝わる名著をわかりやすい口語訳で読む。

角川ソフィア文庫ベストセラー

ビギナーズ 日本の思想
空海「性霊集」抄
空　海
加藤精一＝訳

空海の人柄がにじみ出る詩や碑文、書簡などを弟子の真済がまとめた性霊集全１１２編のうち、30編を抄出。書き下し文と現代語訳、解説を加える。空海の一人の僧としての矜持を理解するのに最適の書。

ビギナーズ 日本の思想
道元「典座教訓」
禅の食事と心
道　元
訳・解説／藤井宗哲

食と仏道を同じレベルで語った『典座教訓』を、建長寺をはじめ、長く禅寺の典座（てんぞ／禅寺の食事係）を勤めた訳者自らの体験をもとに読み解く。禅の精神を日常の言葉で語り、禅の核心に迫る名著に肉迫。

ビギナーズ 日本の思想
日蓮「立正安国論」「開目抄」
日　蓮
編／小松邦彰

蒙古襲来を予見し国難回避を論した「立正安国論」、柱となり眼目となり大船となって日本を救おうと宣言する「開目抄」。混迷する日本を救済しようとした日蓮が、強烈な信念で書き上げた二大代表作。

ビギナーズ 日本の思想
九鬼周造「いきの構造」
九鬼周造
編／大久保喬樹

恋愛のテクニックが江戸好みの美意識「いき」を生んだ――。日本文化論の傑作を平易な話し言葉にし、各章ごとに内容を要約。異端の哲学者・九鬼周造の波乱に富んだ人生遍歴と、思想の本質に迫る入門書。

ビギナーズ 日本の思想
新訳 **武士道**
新渡戸稲造
大久保喬樹＝訳

深い精神性と倫理性を備えた文化国家・日本を世界に広めた名著『武士道』。平易な訳文とともに、その意義や背景を各章の「解説ノート」で紹介。巻末に「新渡戸稲造の生涯と思想」も付載する新訳決定版！

角川ソフィア文庫ベストセラー

ビギナーズ 日本の思想
新訳 弓と禅
付・「武士道的な弓道」講演録
オイゲン・ヘリゲル
訳・解説／魚住孝至

弓道を学び、無の心で的を射よという師の言葉に禅の奥義を感得した哲学者ヘリゲル。帰国後に著された本書には、あらゆる道に通底する無心の教えが刻み込まれている。最新研究に基づく解説を付す新訳決定版！

ビギナーズ 日本の思想
日蓮の手紙
日蓮
訳・解説／植木雅俊

相手の境遇や困難を思いやる細やかな文体に、『法華経』と仏教思想の根本を込めた日蓮の手紙。人生相談あり、生活指導あり、激励あり。厳選された25通の原文・現代語訳・解説から、人間日蓮の実像に迫る。

ビギナーズ 日本の思想
新訳 茶の本
岡倉天心
大久保喬樹＝訳

『茶の本』（全訳）と『東洋の理想』（抄訳）を、読みやすい訳文と解説で読む！ ロマンチックで波乱に富んだ生涯を、エピソードと証言で綴った読み物風伝記も付載。天心の思想と人物が理解できる入門書。

空海入門
加藤精一

革新的な思想で宗教界を導き、後に弘法大師と尊称された空海。その生涯と事績をたどり、『三教指帰』『弁顕密二教論』『秘蔵宝鑰』をはじめとする著作を紹介。何者にも引きずられない、人間空海の魅力に迫る！

道元入門
角田泰隆

13歳で出家、24歳で中国に留学。「只管打坐（しかんたざ＝ただひたすら坐禅すること）」に悟りを得て帰国し、正しい仏法を追い求め永平寺を開山。激動の鎌倉時代に禅を実践した日本思想史の巨人に迫る！

角川ソフィア文庫ベストセラー

無心ということ　鈴木大拙

無心こそ東洋精神文化の軸と捉える鈴木大拙が、仏教生活の体験を通して禅・浄土教・日本や中国の思想へと考察の輪を広げる。禅浄一致の思想を巧みに展開、宗教的考えの本質をあざやかに解き明かしていく。

新版 禅とは何か　鈴木大拙

宗教とは何か。仏教とは何か。そして禅とは何か。自身の経験を通して読者を禅に向き合わせながら、この究極の問いを解きほぐす名著。初心者、修行者を問わず、人々を本格的な禅の世界へと誘う最良の入門書。

日本的霊性 完全版　鈴木大拙

精神の根底には霊性（宗教意識）がある――。念仏や禅の本質を生活と結びつけ、法然、親鸞、そして鎌倉時代の禅宗に、真に日本人らしい宗教的な本質を見出す。日本人がもつべき心の支柱を熱く記した代表作。

仏教の大意　鈴木大拙

昭和天皇・皇后両陛下に行った講義を基に、キリスト教的概念や華厳仏教など独自の視点を交え、困難な時代を生きる実践学としての仏教、霊性論の本質を説く。『日本的霊性』と対をなす名著。解説・若松英輔

東洋的な見方　鈴木大拙

英米の大学で教鞭を執り、帰国後に執筆された、大拙自ら「自分が到着した思想を代表する」という論文十四編全てを掲載。東洋的な考え方を「世界の至宝」と語る、大拙思想の集大成！　解説・中村元／安藤礼二

角川ソフィア文庫ベストセラー

華厳の研究

鈴木大拙
杉平顗智＝訳

仏の悟りの世界はどのようなものか。どうすればそこに至ることができるのか。鈴木大拙が人生最後の課題として取り組んだもの、それが華厳教の世界であった。安藤礼二氏による解説も付して再刊する、不朽の名著。

全品現代語訳 大日経・金剛頂経

訳・解説／大角 修

真言密教の二大根本経典の思想性を重視しつつ、親しみやすく全品を現代語訳。『秘密曼荼羅十住心論』など真言宗開祖・空海の主著をはじめ、豊富なコラムや図版、小事典も充実した文庫オリジナルの画期的な入門書。

全品現代語訳 法華経

訳・解説／大角 修

「妙法蓮華経」八巻に「無量義経」「観普賢菩薩行法経」を加えた全十巻三十二品。漢訳経典のもつ霊的なイメージを重視し、長大な法華経を最後まで読み通せるよう現代語訳。小事典やコラムも充実した決定版。

ジャータカ
仏陀の前世の物語

松本照敬

インドの説話集、ジャータカ。自己犠牲や忍耐を強いられた人物が、やがて輪廻転生してゴータマ・ブッダになったのだと説く独特の物語は日本文化にも大きな影響を与えた。そのエッセンスを平易に解き明かす。

全文現代語訳 浄土三部経

訳・解説／大角 修

日本の歴史と文化に深く浸透している「浄土三部経」（無量寿経、観無量寿経、阿弥陀経）全文を改行や章題・小見出しによる区切りを設け、読みやすく現代語訳。「浄土教の小事典」を付した入門書。

角川ソフィア文庫ベストセラー

角川ソフィア文庫ベストセラー

わかる仏教史　宮元啓一

上座部か大乗か、出家か在家か、実在論か唯名論か、顕教か密教か――。ひとくちに仏教といっても、その内実はさまざま。インドから中国、日本へ、国と時代を超えて展開する歴史を徹底整理した仏教入門。

よくわかる浄土真宗　重要経典付き　瓜生中

浄土真宗のはじまり、教義や歴史、ゆかりの寺社にはどんなものがあるのか。基礎知識を丁寧に解説、よく勤行される『和讃』『御文章（御文）』ほか有名経典の原文と現代語訳も一挙収載。書き下ろしの入門書！

よくわかる浄土宗　重要経典付き　瓜生中

浄土宗でよくとなえられる浄土三部経や一枚起請文ほか有名経典の原文と現代語訳を掲載。浄土教の教義、宗祖法然の生涯や各宗派、主要寺院も基礎から解説する、基本の「き」からよくわかる書き下ろし文庫。

よくわかる真言宗　重要経典付き　瓜生中

密教の教義、本尊と諸尊、空海ゆかりの寺院などの知っておきたい基礎知識を解説。『光明真言』『般若理趣経』『十三仏真言』ほか有名経典の原文＋現代語訳も収録する、文庫オリジナルの入門書。

よくわかる曹洞宗　重要経典付き　瓜生中

「禅」の成り立ち、宗祖道元や高僧たちの教えと生涯、ゆかりの寺院などの基礎知識を丁寧に解説。『修証義』『般若心経』『大悲心陀羅尼』ほか有名経典の原文＋現代語訳も収録する、文庫オリジナルの入門書。

角川ソフィア文庫ベストセラー

最澄と空海
日本仏教思想の誕生
立川武蔵

日本仏教千年の礎を築いた最澄と、力強い思考から密教の世界観を樹立した空海。アニミズムや山岳信仰の豊穣をとりこみ、インドや中国とも異なる「日本型仏教」を創造した二人の巨人、その思想と生涯に迫る。

円空と木喰
五来重

修験道の厳しい修行に身をおいた円空。旅を棲家とした木喰。作風は異なるが、独自の仏像・神像を造り上げ、人々から深く信仰された。ふたりの生活や境涯から、彼らの文学と芸術と芸能の本質に迫る。

白隠
禅画の世界
芳澤勝弘

独特の禅画で国際的な注目を集める江戸時代の名僧、白隠。その絵筆には、観る者を引き込む巧みな仕掛けと、言葉に表せない禅の真理が込められている。作品図版の分析から時空を超えた叡智をよみとく決定版。

図解 曼荼羅入門
小峰彌彦

空海の伝えた密教の教えを視覚的に表現する曼荼羅。大画面にひしめきあう一八〇〇体の仏と荘厳の色彩には、いかなる真理が刻み込まれているのか。豊富な図版と絵解きから、仏の世界観を体感できる決定版。

唯識とはなにか
唯識三十頌を読む
多川俊映

「私」とは何か、「心」とは何か——。唯識仏教の大本山、奈良・興福寺の貫首が、身近な例を用いつつ、心のしくみや働きに迫りながら易しく解説。日常の自己をみつめ、よりよく生きるための最良の入門書。

角川ソフィア文庫ベストセラー

日本中世に何が起きたか
都市と宗教と「資本主義」

網野善彦

「無縁」論から「資本主義」論へ——対極に考えられてきた、宗教と経済活動との関わりを解明。中世社会の輪郭を鮮明に描くと共に、現代歴史学の課題を提言する、後期網野史学の代表作。解説・呉座勇一。

ブッダが考えたこと
仏教のはじまりを読む

宮元啓一

仏教の開祖ゴータマは「真理」として何を悟り、〈ブッダ＝目覚めた人〉となりえたのか。そして最初期の仏教はいかに生まれたのか。従来の仏教学が見落としてきた、その哲学的独創性へと分け入る刺激的論考。

高野聖

五来重

高野山を拠点に諸国を遊行した高野聖。彼らはいかに民衆に根ざした日本仏教を広め、仏教の礎を支えてきたのか。古代末期から中世の聖たちが果たした役割と、日本宗教の原始性を掘りおこした仏教民俗学の名著。

仏教と民俗
仏教民俗学入門

五来重

祖霊たちに扮して踊る盆踊り、馬への信仰が生んだ馬頭観音、養蚕を守るオシラさま——。庶民に信仰され変容してきた仏教の姿を追求し、独自の視点で日本人の原型を見出す。仏教民俗学の魅力を伝える入門書。

人生論ノート 他二篇

三木清

ひとは軽蔑されたと感じたとき最もよく怒る。だから自信のある者はあまり怒らない(「怒りについて」)。深い教養と思索から生みだされた言葉の数々は、いまなお心に響く。『語られざる哲学』『幼き者の為に』所収。

角川ソフィア文庫ベストセラー

春宵十話　岡　潔

「人の中心は情緒である」。天才的数学者でありながら、思想家として多くの名随筆を遺した岡潔。戦後の西欧化が急速に進む中、伝統に培われた日本人の叡智が失われると警笛を鳴らした代表作。解説：中沢新一

春風夏雨　岡　潔

「生命というのは、ひっきょうメロディーにほかならない。日本ふうにいえば〝しらべ〟なのである」――科学から芸術や学問まで、岡の縦横無尽な思考の豊かさを堪能できる名著。解説：茂木健一郎

夜雨の声　岡　潔　編／山折哲雄

世界的数学者でありながら、哲学、宗教、教育にも洞察を深めた岡潔。数々の名随筆の中から科学と宗教、日本文化に関するものを厳選。最晩年の作「夜雨の声」ほか貴重な作品を多数収録。解説／編・山折哲雄。

風蘭　岡　潔

人を育てるのは大自然であり、その手助けをするのが人間である。だが何をすべきか、あまりにも知らなさすぎるのが現状である――。六十年後の日本を憂え、警鐘を鳴らした岡の鋭敏な教育論が冴える語り下ろし。

一葉舟　岡　潔

「人が現実に住んでいるのは情緒としての自然、情緒としての時の中である」――。釈尊の再来と岡が仰いだ山崎弁栄の言葉や芭蕉の句を辿り、時に脳の働きにも注目しながら、情緒の多様な在り方を探る。